GÜNTER DE BRUYN

Die Somnambule
oder
Des Staatskanzlers Tod

S. FISCHER

Erschienen bei S. FISCHER

© S. Fischer Verlag GmbH, Frankfurt am Main 2015

Satz: Dörlemann Satz, Lemförde
Druck und Bindung: CPI books GmbH, Leck
Printed in Germany
ISBN 978-3-10-002421-3

1. DAS PERSONAL

Die Geschichte einer ungewöhnlichen Liebe, die hier so wahrheitsgetreu wie möglich den spärlichen Überlieferungen nacherzählt wird, ereignete sich vor fast zweihundert Jahren in den obersten Rängen der Gesellschaft Berlins. Von ihrer weiblichen Hauptperson, die von den Zeitgenossen moralisch verurteilt wurde, weiß man nur wenig, während beim männlichen Personal dieser Affäre mancher gute Bekannte aus der Staats-, Geistes- und Literaturgeschichte zu finden ist. Der Älteste und Ranghöchste von ihnen war der mit Recht hochgeschätzte preußische Staatskanzler, der aber zum Zeitpunkt unserer Erzählung seine Großtat der Reformierung Preußens hinter sich hatte, auch schon den Titel Fürst tragen durfte, seinen politischen Einfluss jedoch mehr und mehr schwinden sah. Er war schon grauhaarig und schwerhörig, als er im Wien des Jahres 1815 dem jungen Arzt und Dichter David Ferdinand Koreff begegnete, mit dem wir unsere Erzählung beginnen müssen, weil über ihn und den von ihm praktizierten Mesmerismus der Weg zur letzten Geliebten des Staatskanzlers Karl August von Hardenberg führt.

Sie hieß Friederike Hähnel und war gerade vierundzwanzig Jahre alt geworden, als sie der sechsundsechzigjährige Staatskanzler im Februar 1816 zum ersten Mal erblickte und nicht nur von ihrer äußeren Erscheinung beeindruckt war. Sie hatte sich, vermutlich eines Nervenleidens wegen, in die Obhut eines mit Koreff befreundeten Arztes begeben, und dieser führte sie dem Staatskanzler als Beweis für die Wirksamkeit seiner neuartigen Heilmethode vor. Leicht bekleidet auf einem Sofa liegend, war sie vom Arzt in einen magnetischen Wachschlaf versetzt worden, der ihr angeblich auch hellseherische Fähigkeiten verlieh.

Hardenberg, der in seinem langen und erfolgreichen Politikerleben neben seinen drei Ehen auch immer wieder bei anderen Frauen Glück gesucht und gefunden hatte, war auch als schwerhöriger älterer Herr noch sehr ansehnlich. Er war schlank und groß, imponierte durch eine umfassende Bildung und wurde seiner liebenswürdigen Umgangsformen wegen von Leuten jeglichen Standes geschätzt. Noch 1822, nur wenige Wochen vor seinem Tode, wurde er als eine Erscheinung beschrieben, die *»durch vornehme Haltung und verbindliche Formen das Bild eines schönen und kräftigen Greises bot«*. Wenn er auf Reisen Weimar berührte, besuchte er oft auch Goethe, mit dem er schon als Student in Leipzig zusammengetroffen war. Geistig geformt hatte ihn die aristokratische

Aufklärung des 18. Jahrhunderts, doch war ihm als Staatsmann auch das sensible Reagieren auf Veränderungen des Zeitgeistes gegeben, das ihn zur Reformierung Preußens veranlasst hatte und ihm auch noch in den letzten Jahren seines Lebens Antrieb für sein Bemühen um eine Verfassung für Preußen war.

Da seine geistige Regsamkeit auch immer die Fortschritte der Wissenschaften registriert hatte, war ihm in jüngeren Jahren sicher auch nicht entgangen, dass Franz Anton Mesmers neuartige Heilmethode bei ihrem ersten Bekanntwerden um 1780 sowohl gerühmt als auch geschmäht worden war. Revolution und Krieg hatten den Mesmerismus in seiner Ent-

Abb. 1: Staatskanzler von Hardenberg um 1810.
Gemälde vermutlich von Johann Heinrich Wilhelm Tischbein

faltung zeitweilig behindert, doch hatte er nach der Jahrhundertwende in Preußen und anderen europäischen Ländern unter der Bezeichnung animalischer oder tierischer Magnetismus eine Wiederauferstehung erlebt. Da einige Ärzte mit ihm erstaunliche Heilerfolge erzielten, wurde auch vom Staatskanzler erwogen, ihn gegen den Willen der Schulmedizin staatlich zu fördern, obwohl der Glaube an die rätselhafte Kraft, die angeblich die Heilerfolge bewirkte, seinem rationalistischen Denken eigentlich widersprach. Seine Aufgeschlossenheit für den Zeitgeist, die ihn auf politischem Gebiet zum Reformer gemacht hatte, trieb ihn hier in eine romantische Richtung, die vielleicht aber auch mit seiner nicht alternden Aufgeschlossenheit für weibliche Vorzüge zusammenhing.

2. DER MAGNETISEUR

Dem Mesmerismus lag die Vorstellung einer unsichtbaren Kraft zugrunde, die die Natur durchpulst, die menschlichen Körperfunktionen steuert und auf das magnetische Prinzip von Anziehung und Abstoßung reagiert. Diese geheimnisvollen, oft Fluidum genannten Lebensströme, die sich nach der Theorie Mesmers bei gesunden Menschen in ruhigem Fließen befinden, können, wenn sie ins Stocken oder in Unordnung geraten, Krankheiten erzeugen, die mit Magnetkraft zu heilen sind. Die mit solchen Kräften begabten Ärzte, die man auch Magnetiseure oder Magnetopathen nannte, glaubten die Lebensströme durch Handauflegen oder durch Luftstriche, die über den erkrankten Körperteilen ausgeführt wurden, wieder zum Fließen bringen zu können, und tatsächlich wurde so mancher Kranke auf diese Weise geheilt. Auch wurden mit Eisen und Wasser gefüllte Bottiche, Baquets genannt, die Magnetströme erzeugen sollten, zur gleichzeitigen Behandlung mehrerer Patienten benutzt. Die mit solchen Methoden manchmal erzielten Heilerfolge wurden bei einigen Patienten, den sogenannten Somnambulen, von Zuständen eines Wachschlafs begleitet, der ihnen bei ausgeschaltetem Ich-Bewusstsein angeblich auch die Fähigkeit zum Hellsehen verlieh.

Abb. 2: Magnetiseur und Patientin.
Kupferstich von Daniel Chodowiecki

Wie man heute weiß, lagen diesen Heilungen, soweit sie nicht auf Betrug beruhten, nicht physische, sondern psychische Ursachen zugrunde, weshalb man den animalischen Magnetismus als Vorläufer der suggestiven, hypnotischen und psychoanalytischen Therapien bezeichnen kann. Die Theorie der teils stofflich, teils geistig verstandenen Lebensströme wurde auch von Dichtern und Philosophen aufgegriffen, und später, gegen Ende des 19. Jahrhunderts, beriefen sich auch Parapsychologen und Spiritisten auf sie.

Magnetische Heilerfolge, die dem Staatskanzler in Wien zu Ohren gekommen waren, hatte auch der junge Arzt Koreff schon mehrfach erzielt. Er war 1783 als Sohn eines wohlhabenden jüdischen Arztes in Breslau geboren worden, war schon in der Jugend durch seinen mit dem Magnetismus vertrauten Vater mit dessen Praktiken bekannt geworden und hatte sie, als er sich nach einem Medizinstudium in Halle 1803 in Berlin niedergelassen hatte, auch mit Erfolg angewandt. Als Dichter hatte er mit jungen Literaten wie Chamisso, Varnhagen und Hitzig zusammen im sogenannten Nordsternbund den romantischen Idealen des Novalis und der Brüder Schlegel nachgeeifert, bis er, um sich medizinisch weiterzubilden, nach Paris gegangen war. Dort war er mit vielen Geistesgrößen bekannt geworden, und sein verständnisvolles Eingehen auf die körperlichen und seelischen Leiden seiner Patienten hatte ihn bald zum Modearzt vornehmer Kreise werden lassen. Besonders die Damen hatten auch sein charmantes Auftreten und sein hübsches, südländisches Aussehen entzückt. Mit einer Patientin und Geliebten, einer Marquise de Custine zusammen hatte er sich von 1811 bis 1813 in der Schweiz und in Italien aufgehalten, bis ihn der Bruch mit ihr nach Wien getrieben hatte, wo er sich wieder als Arzt betätigte und in Caroline von Humboldt, die er von Herzkrämpfen befreien konnte, eine Verehrerin fand. In

Briefen an ihren Mann, Wilhelm von Humboldt, kann man von Koreffs und ihrer gemeinsamen Lektüre antiker Dichtungen lesen, in Briefen an Rahel Levin, die wenig später Rahel Varnhagen wurde, steht aber auch das Geständnis: *»Ich liebe ihn wie gewiss nie ein Mensch einen Menschen mehr geliebt hat.«*

Dass diese Liebe erwidert wurde, ist unwahrscheinlich. Varnhagen, der Koreff gut kannte und später auch dessen Leben erstmalig beschreiben sollte, schrieb im April 1814 warnend an Frau von Humboldt: *»Man sagt von der Poesie, sie sei eine schöne Lüge. Koreffs Prosa besteht auf diese Weise aus lauter Gedichten, denn er lügt nicht ohne Anmut und bis zur Wahrheit täuschend. Wir sind sehr gute Freunde, aber ich möchte doch lieber, dass Sie sich von mir als von ihm belügen ließen.«*

Als Koreff in Wien die für ihn schicksalhafte Begegnung mit dem preußischen Staatskanzler hatte, wurde dort auch das Schicksal Europas entschieden, denn Hardenberg war des Kongresses wegen nach Wien gekommen, auf dem man nach dem Sieg über Napoleon vom September 1814 bis zum Juni 1815 über das künftige Schicksal unseres Erdteils beriet. Die Friedensordnung, die auf dem Kongress beschlossen wurde, war auf die Restaurierung der alten, vornapoleonischen Zustände gegründet, soweit das noch möglich war. Um die Stabilität des restaurierten Alten zu gewährleisten, mussten nun alle Veränderungsbestrebungen, die man pauschal mit den abschreckenden Begriffen Demagogie oder Jakobinismus belegte, durch rigorose Zensurmaßnahmen unterdrückt werden, so dass die Geistesfreiheit dabei auf der Strecke blieb. In Preußen hatte dieses Festhalten des Tradierten auch zur Folge, dass die restaurativen Kräfte in der Regierung erstarkten und der König, der die Einführung einer Verfassung mehrmals verheißen hatte, seine Versprechen nicht hielt. Hardenberg, der sich als Krönung seines Reformwerks auch weiterhin noch um die Verfassung bemühte, bekam immer stärkeren Widerstand aus der Umgebung des Königs zu spüren, so dass die Hoffnung auf den Erfolg seines Bemühens, dem preußischen Königreich doch noch eine Konstitution zu geben, immer mehr schwand.

Das aus Ministern, Beamten und Hilfskräften bestehende Gefolge des preußischen Staatskanzlers, das dieser nach Wien mitgebracht hatte, war so zahlreich, dass der Berliner Witz schon wissen wollte, Hardenberg habe den Sitz der preußischen Regierung an die Donau verlegt. Wien war kurzzeitig zu einer Art Hauptstadt Europas geworden, und so wie Varnhagen und Koreff konnten sich auch andere Berliner, die sich in Kriegszeiten aus den Augen verloren hatten, hier wiedersehen. Friedrich Gentz und Friedrich Schlegel, die in österreichische Dienste getreten waren, trafen hier wieder mit Wilhelm von Humboldt zusammen, der in Wien als preußischer Gesandter amtierte und bei den Verhandlungen des Kongresses dem schwerhörigen Staatskanzler zur Seite stand. Andere Frauen und Männer, die in ihren jungen Jahren in den jüdischen Salons Berlins verkehrt hatten, füllten nun die jüdischen Salons der Donaustadt.

Die Somnambule oder Des Staatskanzlers Tod

Erst gegen Ende des Kongresses, den die hundert Tage von Napoleons Wiederkehr unterbrochen hatten, erfolgte das für Koreffs Zukunft so entscheidende Zusammentreffen mit dem Staatskanzler, das er wahrscheinlich Wilhelm von Humboldt zu danken hatte, der durch seine Frau Caroline auch zum Anhänger des Mesmerismus geworden war. Der Staatskanzler, der sich schon immer gern mit talentierten Männern umgeben hatte, die nicht die vorgeschriebene Beamtenkarriere durchlaufen, sondern sich anderswo im Leben bewährt hatten, versuchte den geistreichen Arzt, dem gute Heilerfolge nachgesagt wurden, für sich zu gewinnen, und da er ihm eine Professur an der 1810 gegründeten Berliner Universität in Aussicht stellte, war Koreff bereit, auf sein Angebot einzugehen. Der Staatskanzler, der bald nach dem Kongress in das von den verbündeten Armeen besetzte Paris reiste, brachte Koreff dort als Arzt im preußischen Armeehauptquartier unter, doch sollte das nur eine vorläufige Stellung sein.

In dieser zweiten Pariser Zeit Koreffs (später sollte es noch eine längere dritte geben) war er in den preußischen Lazaretten tätig, wofür er zwar mit dem Eisernen Kreuz ausgezeichnet wurde, sich vom Militär aber, wie er dem Staatskanzler klagte, nicht genügend gewürdigt sah. In Paris veröffentlichte er auch die einzige Sammlung seiner formvollendeten, aber wenig gehaltvollen Gedichte, und er schrieb an den Staatskanzler eine Art ausführlichen Bewerbungsschreibens, das sowohl von starkem Selbstbewusstsein als auch von Meisterschaft im Schmeicheln zeugt.

Die im Brief enthaltene Beschreibung des eignen Lebens ist verständlicherweise ganz dem Zweck der Bewerbung verpflichtet, betont aber die Opfer, die er angeblich schon für Preußen gebracht habe, gar zu sehr. Noch unangenehmer aber wirkt sein Anerbieten, gern auch als politischer Schreiber tätig zu werden, um »*die höchst gefährliche Opposition*« zu bekämpfen, »*die wie in Frankreich über Brand und Leichname zu Macht und Glanz emporzuklimmen wünscht*«. Zum Glück für den eigentlich liberal denkenden Schreiber war dann aber seine literarische Mithilfe an der geistigen Unterdrückung gar nicht gefragt.

Koreffs Kunst, sich angenehm zu machen, zeigt sich in dem Bewerbungsschreiben in voller Blüte, wenn er auf die Erwägung Hardenbergs, ihn zu seinem Leibarzt zu machen, zu sprechen kommt. Berlin, so heißt es da, habe nur einen einzigen Reiz für ihn, nämlich den, »*über Ihr Leben und Ihre Gesundheit mit der zärtlichsten Liebe eines Sohnes und eines scharf beobachtenden Arztes zu wachen. Ich weiß es, dass ich schon damit dem Staate den wesentlichsten Dienst erwiese und mir dadurch die schönste Bürgerkrone verdiente; doch nicht bloß diese kalte Pflicht-Idee, sondern ein ganz andres lebendigeres Gefühl bestimmt mich dazu. Seit ich Sie das erste Mal sah, gehört Ihnen mein ganzes Herz an, und es hat Ihnen unwillkürlich Treue und Anhänglichkeit geschworen. Es wird diesen*

Die Somnambule oder Des Staatskanzlers Tod

Schwur nicht brechen, solange es schlägt. ... Doch damit dies Verhältnis auch den Charakter edler Freiheit und Würde behaupte, muss es notwendig von jedem Eigennutze frei bleiben, und ich würde es mir zur ausdrücklichen Bedingung machen, dass nie von irgendeiner Belohnung für dieses heilige Amt die Rede zwischen uns sei. Es gibt heilige Gegenden im Leben und im Herzen, worauf der Eigennutz seinen giftigen Nachtschatten nie werfen darf. Rein und sonnenhell müssen sie bleiben, sonst gedeiht darauf die zarte Pflanze heiligen Gefühles nicht. Dies ist ein solcher Fleck. Sie müssen mir dies versprechen, sonst lähmen Sie mich in meiner frommen Anhänglichkeit und entadeln meine schönste Freude. Denn nicht dem ruhmgekrönten Staatskanzler, nicht dem mächtigen Fürsten will ich dies sein – der findet Diener genug –, nur dem Mann, dessen hohe, edle Natur mich mit Bewunderung und Liebe erfüllt, nur diesem kann und will ich dies sein. So fühle ich es, und das ursprüngliche Gefühl hat immer Recht. Gern will ich von dem Amte leben, das mir der Staat anvertraut, doch das Verhältnis zu Ihnen muss von aller irdischen Nebenrücksicht rein und frei bleiben.«

Nachdem er geschickt eingestreut hatte, dass er auch Angebote aus Italien und vom Zaren habe, äußerte er dann auch seine Wünsche, die bescheiden wirken, misst man sie an der Stellung, die er dann tatsächlich bekam. Denn als Leibarzt Hardenbergs, der diesen ständig, auch auf allen seinen Reisen begleitete, bekam er auf das kulturelle Leben Preußens einigen Einfluss, der sich noch verstärkte, als er den Staatskanzler von einer schweren Erkrankung geheilt hatte, dieser ihn 1817 zum Geheimen Staatsrat beförderte und ihm die Leitung der wissenschaftlichen und künstlerischen Angelegenheiten im Staatskanzleramt übertrug. Hier konnte sich Koreff unter anderem bei der Gründung der Universität in Bonn bewähren, für die er auch August Wilhelm Schlegel gewinnen konnte, doch wuchs mit der Stärkung seiner Stellung auch die Zahl seiner Feinde und Neider, die gegen ihn auch den Judenhass aktivierten, der trotz des 1812 von Hardenberg erlassenen Edikts über die bürgerliche Gleichstellung der Juden noch weitverbreitet war. Im Staatsdienst konnte ein Jude nur angestellt werden, wenn er seinem Glauben abgeschworen hatte, also christlich getauft war.

Als Hardenberg seinem Schützling im Juni 1816 trotz des Protestes der Berliner Universität die versprochene Professur verschafft hatte, wurde gerüchteweise verbreitet, dass Koreff noch ungetauft sei. Hardenberg, der Koreff nie danach gefragt hatte, weil er auf dergleichen keinen Wert legte, reiste mit ihm gerade durch Sachsen, als er von diesem Gerücht hörte und von Koreff erfahren musste, dass es der Wahrheit entsprach. Um die Berufung nicht wieder rückgängig machen zu müssen, fiel dem wendigen Staatskanzler, der es in den Jahren zuvor vermocht hatte, Preußen durch seine schwerste Zeit zu steuern, auch gleich ein Ausweg ein. Wilhelm Dorow, ebenfalls ein von ihm protegierter Außenseiter, der im Befreiungskrieg als

Leutnant im Freikorps Lützow gekämpft hatte und sich später als Archäologe im Rheinland auszeichnen sollte, wurde von ihm mit dieser heiklen Aufgabe betraut. Dorow und Koreff fuhren nach Meißen, wo sie am frühen Morgen einen evangelischen Pfarrer aus dem Bett holten und ihn dazu brachten, Koreff zu taufen und auf die Taufbescheinigung ein Datum zu setzen, das vor des Doktors Berufung zum Professor lag.

Dieser Fehler Hardenbergs war damit bereinigt, noch aber wehrte die Fakultät sich nicht nur gegen den Juden, sondern auch gegen den nicht habilitierten Doktor und dessen Magnetismus, der für einige der Professoren auf die Jahrmärkte gehörte, nicht aber in die Universität. Zwischen der Fakultät und dem zuständigen Ministerium, das auf Anweisung Hardenbergs die Berufung erzwingen sollte, entbrannte deshalb ein langer Streit. Proteste und Gutachten wurden geschrieben, Kommissionen wurden gebildet und Abstimmungen vorgenommen, bis dann am Ende nicht das Berufungsrecht der Universität siegte, sondern die Macht. Denn das Amt des Staatskanzlers, das der König 1810 speziell für Hardenberg geschaffen hatte (und es nach seinem Tode wieder abschaffen sollte), räumte Hardenberg, der freilich immer auf den König Rücksicht zu nehmen hatte, fast unbegrenzte Vollmachten ein.

Ein Brief Koreffs, der während dieser Auseinandersetzungen geschrieben wurde, bestätigt die Behauptung Varnhagens, sein guter Freund Koreff, der ein reiches Wissen, viele gute Eigenschaften und hervorragende Talente habe, sei leider nicht mit der Liebe zur Wahrheit begabt. In diesem Brief vom 4. Dezember 1816 an Hufeland nämlich verwandelt Koreff die Jahre, die er mit der Marquise de Custine in der Schweiz und in Italien verbracht hatte, in Leidenszeiten, in denen er als Gefangener *»von Depot zu Depot«* geschleppt wurde, in den *»Mördergruben«* der Hospitäler typhuskranke Kriegsgefangene versorgen musste und *»allen lockenden Angeboten Napoleons«* aus Treue zu Preußen widerstanden hat.

Gegen den Willen der Fakultät wurde der Leibarzt des Staatskanzlers also ordentlicher Professor, und da mit ihm auch der Magnetismus zum Lehrfach wurde, gewann dieser für einige Jahre größeres Ansehen in der Öffentlichkeit. Man sah in ihm einen wichtigen wissenschaftlichen Fortschritt, der durch die Geheimnisse, die ihn umwitterten, an Attraktivität nur gewann. Neben Hardenberg und Humboldt zählten auch Schleiermacher und Bettina von Arnim zu seinen Anhängern, und Jean Paul, der magnetische Fähigkeiten selbst zu besitzen wähnte, sah, im fernen Bayreuth sitzend, Berlin als das Zentrum dieser neuen Wissenschaft an. In seinem Aufsatz mit dem Titel »Mutmaßungen über einige Wunder des organischen Magnetismus« nannte er diesen ein *»Wunderkind der Wissenschaft«* und einen *»Wundertäter der Menschheit«*, zeigte an den hellseherischen Fähigkeiten der in magnetischen Schlaf versetzten Frauen besonderes Interesse und deutete sogar einen Zusammenhang des Magnetismus mit der christlichen Unsterblichkeitslehre an.

Zu den einschlägigen Werken, mit denen Jean Paul sich selbst zum Magnetiseur ausbilden wollte, gehörte auch das 1814 bei Nicolai in Berlin erschienene Buch »Mesmerismus oder System der Wechselwirkung. Theorie und Anwendung des tierischen Magnetismus als allgemeine Heilmethode« von Karl Christian Wolfart, einem Freund Koreffs, der zur Beglaubigung seiner Methoden den noch in der Schweiz lebenden alten Mesmer aufgesucht hatte und ab 1817 auch an der Berliner Universität lehren durfte, nachdem Koreff im Staatskanzleramt Referent für die Wissenschaften und Künste geworden war.

Obwohl Koreff in diesen Jahren neben seinen Amts- und Lehrtätigkeiten auch über die Gesundheit des Staatskanzlers zu wachen hatte, kamen doch seine literarischen Neigungen nicht zu kurz. Anstelle des Nordsternbundes, der sich vor 1806 schon aufgelöst hatte, war 1814 ein neuer Kreis von Literaten entstanden, der sich die Serapionsbrüder nannte und meist in der Wohnung des dichtenden Kammergerichtsrats E. T. A. Hoffmann in der Taubenstraße 31, Ecke Charlottenstraße, zusammenkam. Der Ton dieser vom Punsch beflügelten Abende, an denen Vorlesungen mit Gesprächen und Diskussionen wechselten, wurde vor allem durch Hoffmann und Koreff bestimmt. Beide waren eloquent und witzig, aber auch mit den Nachtseiten des Lebens, wie man damals sagte, vertraut. Zu diesen gehörten auch die geheimnisvollen

Lebensströme, die Magnetiseure und Somnambulen, die neben guten Feen und bösen Geistern durch Hoffmanns Erzählungen und Märchen spukten und eine Ahnung davon aufkommen ließen, dass der scheinbar sichere Boden der restaurativen Gesellschaft, in der man in biedermeierlicher Bürgerlichkeit lebte, in Wahrheit recht brüchig war.

Während E. T. A. Hoffmann seinen Freund Koreff unter dem Namen Vinzent in seinen »Serapionsbrüdern« zu einer unvergänglichen literarischen Gestalt machte, wandte sich Adelbert von Chamisso, der nach seiner berühmten Weltumseglung nur noch selten den Kreis um Hoffmann besuchte, mehr und mehr von ihm ab. Koreffs steile Karriere behagte ihm ebenso wenig wie sein Magnetismus, den er einen *»Aberglauben«* nannte, der bei manchen Leuten an die Stelle des christlichen Glaubens getreten sei. Doch kam sein Versuch, die Mode des Magnetismus literarisch zu bekämpfen, über Ansätze nicht hinaus.

Für den Staatskanzler aber hatte die Bekanntschaft mit Koreff zur Folge, dass er zum Anhänger des Magnetismus wurde, von dem er sich auch die Heilung seines Ohrenleidens versprach. Koreff war es auch, der ihn zu Doktor Wolfart führte, der im Haus Nummer 36 der Französischen Straße einen Behandlungsraum eröffnet hatte, in dessen Halbdunkel nun der Staatskanzler die in magnetischen Schlaf versetzte Patientin Friederike Hähnel mit allen ihren uns leider nicht näher bekannten Reizen zum ersten Mal vor sich liegen sah.

Eine knappe Notiz in den Tagebüchern des Staatskanzlers verrät uns, dass dies am 13. Februar 1816 geschah.

Abb. 3: Der Arzt Karl Christian Wolfart. Künstler unbekannt

3. DER MAGNETISCHE SALON

Der saalähnliche Behandlungsraum Doktor Wolfarts, der in diesen Jahren unter der Bezeichnung »*magnetischer Salon*« für interessierte Kreise zu den Sehenswürdigkeiten Berlins gehörte, wurde gern auch den Besuchern der Stadt gezeigt. Einige von diesen, wie der dänische Dichter Oehlenschläger oder der Dresdner Arzt, Maler und Naturphilosoph Carl Gustav Carus, haben in ihren Erinnerungen darüber berichtet, so dass der Nachwelt ein recht genaues Bild dieser ungewöhnlichen Arztpraxis erhalten geblieben ist.

Der nur schwach beleuchtete Saal, in dessen Mitte zwei eiserne Aufbauten standen, rief in allen Besuchern den Eindruck des Fabrikmäßigen hervor. Die einem großen Eisenofen ähnlichen Gebilde, die in der Fachsprache der Magnetiseure Baquets hießen, sollten die Magnetkraft erzeugen, die angeblich so heilsam war. Die mit Eisenfeilspänen, Kohle, Glas, Wolle und Wasser gefüllten Eisenkästen, deren Außenseiten mit Äskulapstäben verziert waren, wurden von einem durchlöcherten Deckel verschlossen, aus dem viele eiserne Spindeln ragten, die nach unten gebogen waren, so dass sie für die Patienten, die, nach Geschlechtern getrennt, rings um die magnetischen Anlagen saßen, erreichbar waren. Jeder ergriff eine von ihnen, hielt sie mit einer Hand an der Magengrube und rieb, um den magnetischen Strom zu verstärken, mit der anderen Hand auf dem Eisenstab auf und ab. Wie andere Beschreibungen verraten, wurden manchmal nicht Eisenstäbe, sondern wollene Bänder, die je nach Krankheitsart gefärbt waren, zur Übertragung der Lebensströme benutzt.

Doktor Wolfart, der von Carus als ein *»kleiner, untersetzter Mann mit unstetem Blick und geschäftigem Wesen«* beschrieben wurde, schritt im Halbdunkel des Saales zwischen seinen Patienten auf und ab *»wie ein Magier«* und war gleich zur Stelle, wenn einer von ihnen in den gewünschten magnetischen Schlaf verfiel. Diesen bettete er dann auf ein von grünen Gardinen verhängtes Sofa, von denen es an den dunkelrot tapezierten Wänden entlang mehrere gab. Da in dem Dämmerlicht des Saales, der bis zu vierzig Patienten fasste, Stille herrschte, waren manchmal Bruchstücke von geflüsterten Gesprächen zu hören, die der Arzt hinter den Vorhängen mit einem der Patienten führte, der im Wachschlaf lag. Doktor Carus, der für die Theorien Mesmers durchaus Interesse hatte, die Kollektivbehandlung aber ablehnte, vermutete als die Ursache des Schlafes aber nicht die Magnetströme, sondern die Langeweile der Patienten oder deren *»überreizte Imagination«*.

Der magnetische Salon

In dieser seltsamen Arztpraxis, die von den Besuchern teils als schäbig, teils als unheimlich empfunden wurde, fand also die erste Begegnung Hardenbergs mit seiner späteren Geliebten statt. Der alte Staatskanzler, der in seinem langen Leben drei Hochzeiten gefeiert, zwei Ehescheidungen überstanden und daneben auch andere Frauen beglückt hatte, ließ sich nun von Friederike Hähnel bezaubern, deren rätselhafte Krankheit sie auch bemitleidenswert werden ließ. Er konnte sie im magnetisierten Zustand erleben, in dem sie anfangs von Krämpfen geschüttelt wurde, in der folgenden Entrücktheit dann aber offenen Auges Offenbarungen von sich gab.

Koreffs Absicht war es bei der Herbeiführung dieser Begegnung gewesen, Hardenberg von der Wirkung des Magnetismus zu überzeugen, nicht aber von Friederikes weiblichen Vorzügen, die er vielleicht gar nicht als solche sah. Möglich ist, dass er in den kommenden Jahren, in denen er in den Behausungen des Fürsten Hardenberg aus und ein ging und sich dabei mehr und mehr auch der Gunst der Fürstin erfreuen konnte, seiner unwillentlichen Kupplerdienste wegen Reue empfand.

Dass Hardenberg sich für den Magnetismus begeistern konnte, hing mit seiner Aufgeschlossenheit für den Zeitgeist zusammen, der in diesen Jahren stark von der romantischen Bewegung bestimmt war. Die magnetische Heilmethode, oft auch als romantische Medizin bezeichnet, war Teil dieser Geistesströmung, die in diesen Jahrzehnten viele Länder Europas modeartig ergriffen hatte und innig mit der romantischen Literatur und der sogenannten Naturphilosophie Schellings, Steffens' und Schuberts zusammenhing. Auch Heinrich von Kleist beispielsweise war diesen Einflüssen erlegen. Er war 1807 in Dresden von dem Arzt und Naturphilosophen Gotthilf Heinrich von Schubert in die »Ansichten von der Nachtseite der Naturwissenschaft« (so der Titel eines seiner Hauptwerke) eingeführt worden und hatte 1810 in Berlin auch beim Arzt Wolfart verkehrt. Doch galt, wie einige seiner Werke zeigen, sein Hauptinteresse nicht der Heilwirkung des Magnetismus, sondern dem Abhängigkeitsverhältnis, das zwischen dem Magnetisierten und dem Magnetiseur besteht. Sein »Käthchen von Heilbronn«, das durch Magnetismus willenlos, aber auch hellsehend wurde, und der nachtwandelnde Somnambule »Prinz von Homburg« sind nur die bekanntesten Beispiele für das Einwirken des Magnetismus auf sein poetisches Werk.

Der Theologe Schleiermacher, dessen Magenkrämpfe Doktor Wolfart vergeblich durch Magnetisieren zu lindern versuchte, hatte sich von seiner Frau Henriette eine von Wolfart magnetisierte Freundin namens Karoline Fischer aufdrängen lassen, die mit ihrer clairvoyanten Begabung die ganze Familie zu tyrannisieren verstand. Der Philosoph Solger versuchte, die Geheimnisse des animalischen Magnetismus zu entschlüsseln, indem er die Behandlung einer Patientin Wolfarts, einer Hofrätin Körte, monatelang beobachtete und die Hellsichtigkeit der Somnambulen ausführlich beschrieb. *»Sie sieht im magnetischen Schlafe ihr ganzes Inneres, und hat uns den größten Theil der inneren Organe ihres Leibes mit anatomischer Richtigkeit beschrieben, auch die fehlerhaften Beschaffenheiten darin. ... Sie öffnet im Schlaf die Augen, selbst auf den bloßen Willen des Magnetiseurs; sie steht auf dessen Verlangen auf und geht in der Stube herum; sie schaut in ihrem Innern auch entfernte Gegenstände an, wenn sie nur auf die leiseste Weise mit ihr in Rapport gesetzt werden und hat uns so nicht bloß von dem Krankheitszustande einiger Personen in der Stadt, sondern selbst einer im Mecklenburgischen und einer in Dresden Auskunft gegeben.«* Diese hellsehende Hofrätin aber, deren Somnambulismus der Philosoph für echt gehalten hatte, wurde später von dem Physiker Paul Erman als geschickte Schauspielerin entlarvt.

Eine württembergische Somnambule dagegen, Friederike Hauffe, geb. Wanner, brachte es wenige Jahre später zu einer gewissen Berühmtheit, weil ihr Arzt, der Dichter Justinus Kerner, ihre religiös gefärbte Sehergabe in seinem erfolgreichsten Buch verarbeitete, das 1829 in zwei Bänden unter dem Titel »Die Seherin von Prevorst« ediert wurde und bis zum Ende des Jahrhunderts noch in mehreren Auflagen erschien. Kerner, zu dessen Heilmethoden neben Kräutern und Amuletten auch das Magnetisieren gehörte, hat darin alle Reaktionen seiner Patientin akkurat aufgezeichnet, von den verschiedenen Stadien des Wachschlafs mit den diesen begleitenden Krämpfen bis zu den Vorhersagen und Visionen, zu denen auch Geistererscheinungen gehörten, weshalb der zweite Band des seltsamen Buches mit dem Titel »Eröffnungen über das Hereinragen einer Geisterwelt in die unsre« versehen ist. Am Schluss wird die Seherin zu Grabe getragen, und der Dichter verabschiedet sie mit einem magnetisch-spiritistischen Lebewohl.

»Leb wohl! Was ich dir hab' zu danken,
Trag ich im Herzen immerdar.
Es schaut mein Innres ohne Wanken
In geist'ge Tiefen wunderbar.

Wo du auch weilst, im Licht, im Schatten,
Ein Geist bei Geistern weilest du.
O sende, will mein Glaub' ermatten,
Mir liebend einen Führer zu.

Und lebst du bald in höh'rem Bunde
Mit sel'gen Geistern leicht und licht,
Erschein in meiner Todesstunde,
Mir helfend, wenn mein Auge bricht.

Leb wohl! Was auch die Menschen sagen,
Mich rühret nicht die Erde an,
Gar leicht kann ihre Schwere tragen,
Wer leicht ihr Nichts erfassen kann.«

4. DIE FÜRSTIN

Hardenbergs unkonventionelles Denken hatte sich nicht nur in seiner Vorliebe für so außergewöhnliche Gestalten wie Koreff, Varnhagen und Dorow erwiesen, sondern sich auch vorher schon bei seiner dritten Eheschließung mit der zweiundzwanzig Jahre jüngeren Charlotte gezeigt. In den Augen seiner Standesgenossen war das ein Regelverstoß gewesen, und zwar nicht nur, weil Charlotte schon einmal verheiratet gewesen war. Sie war als bürgerlich geborene Schönemann nicht ebenbürtig, und außerdem hatte sie vor ihrer ersten Ehe den schlecht angesehenen Beruf einer Schauspielerin und Sängerin ausgeübt. Besonders Hardenbergs Sohn aus erster Ehe, Christian mit Vornamen, der dem dänischen König als Hofjägermeister diente, war empört über diese Heirat seines Vaters gewesen und hatte mit der Aufkündigung seiner Beziehung zu ihm gedroht. Der viele Seiten lange Antwortbrief des Vaters vom Oktober 1807 war ein schönes Beispiel seiner Denkungsart. Seine *»Schwäche gegen das weibliche Geschlecht«* war er durchaus bereit zuzugeben, bezeichnete aber seinen Entschluss zur Heirat als mit echter Moral und Religiosität vereinbar und sah in den Vorwürfen des Sohnes *»elende Vorurteile«*, die nicht der Vernunft gehorchten, sondern dem Adelsstolz. Der Sohn, der sein Erbe nicht aufs Spiel setzen wollte, musste sich also zufriedengeben. Auch hatte seine Empörung mehr als der Heirat selbst deren Bekanntmachung gegolten. Wenn die Missheirat schon sein musste, sollte sie zur Wahrung der Familienehre doch wenigstens heimlich geschehen.

Charlotte, die jahrelang mit Hardenberg ohne Eheschließung zusammengelebt hatte, war in den Kriegswirren von 1807 von ihm geheiratet worden, aber auf Dauer glücklich war sie in dieser Ehe nicht geworden, weil ihr Mann auch in höherem Alter von ehelicher Treue nichts hielt. Da die Berliner Gesellschaft von diesen Affären wusste und Hardenberg möglicherweise auch kein Geheimnis aus ihnen machte, war auch Charlotte, die seit 1814 die Fürstin genannt wurde, wahrscheinlich davon unterrichtet und möglicherweise auch schon ein wenig an diese Fehltritte gewöhnt. Sie waren für sie zwar schmerzlich, aber für ihre Stellung in der Gesellschaft kaum gefährlich, da sie sicher sein konnte, dass jeder der daran Beteiligten sich äußerlich an das Regelwerk hielt. Die junge Somnambule dagegen, für die ihr Mann plötzlich Interesse zeigte, musste ihr als eine gefährlichere Konkurrentin erscheinen, weil sie von außen kam. Sie war nicht an die Regeln dieser Gesellschaftsschicht gebunden, und sie konnte nicht nur mit den Reizen der Jugend prunken, sondern auch mit ihrer reizvollen Abnormität. Als Kranke konnte sie bemitleidet werden, ihrer übersinnlichen Gaben wegen war sie auch geheimnisvoll. Nicht um eines der üblichen außerehelichen Abenteuer, die schnell wieder vorübergingen, schien es sich hier zu handeln, sondern um eine Art von Verzauberung oder besser Verhexung, die den Reiz der Neuheit so schnell nicht verlor.

Obwohl Charlotte ihre geringen Chancen in dem nun beginnenden Konkurrenzkampf kannte, gab sie ihn nicht gleich auf. Sie gab sich den Anschein, den neuerlichen Fehltritt ihres Gatten geduldig ertragen zu können, und da sie sich in dem Bestreben, die Ehemisere vor der Öffentlichkeit geheim zu halten, mit ihrem Mann einig glaubte, zeigte auch sie an der Somnambulen und deren magnetischer Behandlung Interesse und erklärte sich später sogar zur ständigen Aufnahme der Nebenbuhlerin in ihr Haus bereit. Ob sie damit eine Forderung ihres Mannes erfüllte oder der eignen, ihr vielleicht von Koreff eingegebenen Absicht folgte, die Feindin unter Aufsicht zu haben und vielleicht sogar beeinflussen zu können, ist nicht bekannt.

Das Dienstpersonal des Fürsten, das schon durch den Leibarzt Koreff Zuwachs erhalten hatte, wurde nun also auch noch um Friederike Hähnel, die offiziell als Gesellschafterin der Fürstin Charlotte diente, vermehrt. Fortan gehörte sie zum Privatleben des Staatskanzlers, das nicht nur von vielen Reisen unterbrochen wurde, sondern auch im normalen Leben von häufigem Wechsel der Wohnungen gekennzeichnet war. Da gab es erstens am Berliner Dönhoffplatz das 1804 von ihm erworbene Palais Hardenberg (vormals Palais Schwerin, später Preußischer Landtag), seinen Amtssitz, zweitens, seit 1814, das Schloss Glienicke an der Havel, nahe der Glienicker Brücke, in das er sich von Berlin aus schnell zurückziehen konnte, und drittens das ihm 1814 vom König geschenkte Neuhardenberg. Heute ist vom Berliner Palais wie vom ganzen alten Dönhoffplatz (heute Marion-Dönhoff-Platz) nichts mehr zu finden. Das Schloss Glienicke, das von Hardenbergs Erben an den Prinzen Carl verkauft wurde, hatte dieser von Schinkel im italienischen Stil völlig umgestalten lassen, so dass heute nur noch in Neuhardenberg etwas von der Lebensweise des Staatskanzlers zu erspüren ist. Denn die Umgestaltung von Dorf, Schloss und Kirche, die Schinkel ausgeführt hatte, sind in wesentlichen Teilen erhalten geblieben oder nach Verfallszeiten wiederhergestellt.

Dass sich in diesen wahrhaft fürstlichen Verhältnissen die kleinbürgerlich aufgewachsene Friederike Hähnel zu behaupten wusste, spricht für ihren starken Aufstiegswillen, der vermutlich auch ihrer Bindung an den Kanzler zugrunde lag. Da sie die Sprache der Diplomaten, das Französische, gut beherrschte und die vornehmen Umgangsformen schnell lernte, war sie nun auch dabei, wenn Besucher kamen, vor denen sie sich manchmal von Koreff magnetisieren ließ. Ihre Gegenwart wurde dem Staatskanzler bald unentbehrlich. Auch auf Dienstreisen und zu Aufent-

Die Fürstin

Abb. 4: Schloss Glienicke zur Zeit des Staatskanzlers von Hardenberg. Kupferstich von Hermann Schnee

halten in den Bädern, die mit zunehmendem Alter häufiger wurden, nahm Hardenberg sie gern mit.

Die Hellsichtigkeit Friederikes scheint sich, eine später noch zu erwähnende Wettervorhersage aus-

Abb. 5: Palais Hardenberg am Dönhoffplatz um 1815. Kupferstich von Friedrich Wilhelm Delkeskamp

genommen, vorwiegend auf medizinische Bereiche beschränkt zu haben, wie auch von anderen magnetisierten Damen, und nur Damen kamen offensichtlich dafür in Frage, berichtet wird. Sie konnten Krankheitsherde lokalisieren, Krankheitsverläufe auch nicht anwesender Personen vorhersagen und dem Arzt Therapien vorschlagen, aber in Bereiche, die Frauen fremd waren, wie die politischen, wagten sie sich mit ihren Prophezeiungen offensichtlich nicht.

5. MECKLENBURGISCHES

Wie lange vor ihrer Begegnung mit Hardenberg Friederike Hähnel schon in Berlin gelebt hatte, ist so wenig bekannt wie ihre Körpergröße und Haarfarbe, überliefert ist aber, dass sie in privaten Häusern als *»Bonne«*, womit wohl ein Kindermädchen gemeint ist, angestellt war. Auch hatte sie in Berlin einen Onkel, der den Namen Boudin führte und als *»Bratenmeister am königlichen Hofe«* tätig gewesen sein soll.

Über ihre Herkunft hat in neuerer Zeit der Heimatforscher Peter Starsy ermittelt, dass sie am 18. Januar 1792 im mecklenburgischen Neubrandenburg als Tochter des Uhrmachermeisters Johann Wilhelm Hähnel geboren wurde und am *»24. Januar in der Hauptpfarrkirche St. Marien auf die Namen Charlotte Caroline Friederica getauft«* worden ist. Ihre Mutter, die vor ihrer Heirat Isabé Costé geheißen hatte, entstammte einer französischen Familie, was auch zum französischen Namen des Onkels zu passen scheint. Sie könnte zu den Hugenotten gehört haben, die in der nahen Uckermark angesiedelt hatten, oder aber zu denen, die in Franken eine neue Heimat gefunden hatten, aus der Friederikes Vater nach Neubrandenburg gekommen war. Er war nach der für Handwerksgesellen obligatorischen Wanderschaft nur wenige Jahre vor Friederikes Geburt aus dem fränkischen Fürth gekommen, hatte durch den Erwerb eines Hauses in der Teterower Straße die Bürgerrechte der Stadt erworben und seine Frau vielleicht schon aus Fürth mitgebracht. In Neubrandenburg war Isabé Hähnel erst als Hausfrau des Uhrmachermeisters tätig gewesen, hatte nach dessen Tod dann aber »*einem Erziehungsinstitut so segensreich vorgestanden, dass sie in ihrem hohen Alter von Großherzog Georg mit einer Pension beglückt*« worden war. Ihr hatte Friederike nicht nur ihre Zweisprachigkeit zu verdanken, sondern auch »*einen hohen Grad weiblicher Erziehung und Bildung, der wohl zur Förderung ihres Glücks*« in ihrem späteren Leben geeignet war.

Noch vor ihrer Berliner Zeit war Friederike schon mit einer Berühmtheit zusammengetroffen, mit der sie möglicherweise mehr verband als wir wissen, mit dem später als Turnvater bekannten Friedrich Ludwig Jahn. Dieser aus der nahen Prignitz stammende Pastorensohn, der sich durch mehrere Schriften und die Einrichtung des ersten deutschen Turnplatzes in der Berliner Hasenheide schon einen Namen gemacht hatte, war im Sommer 1814 zu dem Entschluss gekommen, die schon seit zehn Jahren mit ihm verlobte Helene Kollhof, die damals in Neubrandenburg wohnte, endlich zu heiraten, und diese hatte ihre

Mecklenburgisches

Freundin »*Demoiselle Hänel*« zu der in aller Stille gefeierten Trauung in Neuenkirchen bei Neubrandenburg als Trauzeugin mitgebracht.

Möglicherweise hängt diese Beziehung, deren Kenntnis wir wieder dem schon erwähnten Heimatforscher verdanken, mit einer Notiz Varnhagens vom 17. Januar 1821 in seinen »Tageblättern« zusammen, deren erster Satz: »*Fräulein Hähnle ist mit Jahns Mutter erzogen*« nur sinnvoll wäre, wenn es statt »Mutter« »Frau« hieße, sich also auf Friederikes Freundin Helene Kollhof bezöge, die zu dieser Zeit bei ihrem Mann in Kolberg lebte, der dort eine Festungshaft absitzen musste, zu der er als sogenannter Demagoge verurteilt worden war. Dies zu wissen ist nötig, um verstehen zu können, dass diese Notiz Varnhagens auf Hardenbergs zwiespältige Rolle während der Demagogenverfolgung hinzuweisen scheint. Der eigentlich liberal denkende Staatskanzler, der, aus welchen guten Gründen auch immer, die Polizeischikanen gegen Andersdenkende duldete und teilweise auch förderte, hat offensichtlich einen der namhaften Verfolgten heimlich unterstützt. Die gesamte Notiz Varnhagens lautet nämlich so: »*Fräulein Hähnle* [muss heißen: Hähnel] *ist mit Jahns Mutter* [Frau?] *erzogen. Sie besucht dessen Mutter und verschafft ihr vom Kanzler ansehnliche Unterstützung, von verbindlichen Schreiben begleitet. Sie sagt, der Kanzler wisse recht gut, dass er seine ärgsten Feinde im Adel habe.*«

Zu den mecklenburgischen Überlieferungen unserer Geschichte gehören auch die 1837 erschienenen

Erinnerungen eines Neubrandenburger Arztes, der sich als Autor Homogalakto nannte, in Wahrheit aber Friedrich Siemerling hieß. Er war drei Jahre älter als Friederike, interessierte sich für den Mesmerismus, den er aber wohl nicht praktizierte, und war ein Verehrer des Schriftstellers Hermann von Pückler-Muskau, der sich als Pseudonym auch den Namen Semilasso zugelegt hatte, weshalb Siemerings Bändchen, dem er die Form eines Briefes an Pückler gegeben hatte, den Titel »Reminiscenzen für Semilasso« trägt. Er erzählt dem verehrten Autor darin von Menschen, die sowohl ihm als auch Pückler begegnet waren, und zu diesen gehörte auch Friederike Hähnel, die Siemering in der Kindheit als Spielgefährtin gehabt hatte, während Pückler sie später im Hause des Staatskanzlers kennengelernt hatte, nachdem dieser sein Schwiegervater geworden war. Mit Friederike zusammen, erzählt Siemering, habe er gelernt, die Flöte zu spielen, und auch an Hauskonzerten habe er neben ihr mitgewirkt. Später sei er ihr dann bei seinem Berliner Kollegen Wolfart wieder begegnet. »*Ihr Antlitz hatte*«, so heißt es weiter, »*bis auf die schönsten, gleich Ähren prangenden Augenbrauen nichts Anziehendes, vielmehr drückte es einen leidenden somatischen Zustand aus.*« Sie sei, wie Wolfart ihm versichert habe, »*die sensibelste aller seiner um das Baquet versammelten Kranken*« gewesen und habe deshalb »*die höchsten Grade der Clairvoyanz*« erreicht.

Für diese hellseherischen Fähigkeiten Friederikes können die »Reminiscenzen« auch ein Beispiel liefern, wenn in ihnen von Hardenbergs Badekur in Doberan berichtet wird. Als der Staatskanzler von dort aus nach Dänemark habe segeln wollen, habe Friederike »*in einem Paroxismus von Clairvoyance*« einen Sturm vorhersehen können, der tatsächlich dann auch eingetreten sei. Auch sei sie sehr sprachbegabt gewesen, habe zum Beispiel mit den Gesandten Frankreichs, Italiens und Englands in deren Muttersprache Konversation machen können, und bei einer Begegnung mit dem alten Marschall Blücher in Rostock habe sie sich mit ihm in Plattdeutsch unterhalten können, weil das doch die Sprache ihrer und des Marschalls Kindheit gewesen sei.

Die »Reminiscenzen« sind ihrer gewollt originellen Erzählweise wegen keine angenehme Lektüre, hinterlassen im Leser aber doch den Eindruck des Echten und Wahren, der sich beim viel unterhaltsameren Lesen einer anderen Quelle, die wir zu Rate ziehen müssen, nicht einstellen will. Es handelt sich dabei um die »Erinnerungsblätter« der ebenfalls in Neubrandenburg geborenen, aber bedeutend jüngeren Luise Mühlbach, die viel eingängiger geschrieben sind. Das literarisch Versierte dieser zu ihrer Zeit vielgelesenen Autorin, die es versteht, das Erzählte bunt auszuschmücken, Pointen zu setzen und das Lustige mit dem Traurigen, das Erhabene mit dem Rührenden wechseln zu lassen, lässt den Leser auf jeder Seite spüren, dass er hier unterhalten, nicht aber über tatsächlich Geschehenes informiert werden soll. Aber auch faktische Fehler machen es schwer, an die Echtheit des Erzählten immer zu glauben. So werden zum Beispiel Personennamen wie der Doktor Wolfarts nicht richtig wiedergegeben, der Magnetismus wird von der Autorin für eine Krankheit gehalten, und der Mesmerismus, der zu ihrer Zeit schon aus der Mode gekommen war, scheint ihr die Geheimwissenschaft einer im Untergrund wirkenden Sekte von »*Schülern Cagliostros*« gewesen zu sein.

Die heute kaum noch bekannte Autorin, die 1814 in Neubrandenburg als Tochter des Bürgermeisters Müller geboren wurde, 1839 den Schriftsteller Theodor Mundt heiratete und bis 1873 lebte, war eine erstaunliche Viel- und Schnellschreiberin. In ihren frühen, vor 1848 erschienenen Romanen wurden vorwiegend Frauenfragen und andere soziale Gegenwartsthemen behandelt, später schrieb sie am laufenden Band historische Romane, in denen ihre Geschichtskenntnisse von lebhafter Phantasie ergänzt werden, doch zeugen sie auch von erstaunlichem Fleiß. Ihr Romanwerk, durch das ihr Pseudonym Luise Mühlbach bekannt wurde, ist in Nachschlagewerken auf den unglaublichen Umfang von 250 bis 290 Bänden geschätzt worden, was, wenn die ungeheure Zahl wirklich zutreffen sollte, sogar die Schreibleistung eines Karl May übersteigt. Neben diesen Massen hat sie aber auch noch für Zeitschriften Autobiographisches geschrieben, das von ihrer Tochter Thea Ebersberger später bearbeitet wurde und 1902 unter dem Titel »Erinnerungsblätter aus dem Leben Luise Mühlbachs« erschienen ist. In diesen ist dann auch von Friederike Hähnel die Rede, aber nur in der schon erwähnten romanhaften Ausschmückung, so dass sich in ihnen das Tatsächliche vom Hinzuphantasierten nicht sauber trennen lässt. Trotzdem aber wird es sich aus Mangel an verlässlicheren Quellen nicht verhindern lassen, dass im weiteren Verlauf unserer Erzählung auch Luise Mühlbach vorsichtig zu Rate gezogen werden muss.

Da sie zu Beginn unserer Liebesgeschichte erst zwei Jahre zählte, konnte sie von dieser nur nachträglich gehört haben, was sie aber nicht daran hinderte, in den »Erinnerungsblättern« auf nur wenigen Seiten eine gefühlige Erzählung mit wörtlicher Rede daraus zu machen, wie es ihr mit gleicher Methode in ihren zahlreichen historischen Romanen über Friedrich den Großen, Kaiser Wilhelm, Jesus, Mohammed und vielen anderen Gestalten der Weltgeschichte gelungen war.

In ihrer Version wählt Friederike die Rolle der Somnambulen, um durch sie Eingang in die Gesellschaft der Reichen und Mächtigen zu finden, und ihr Arzt, der listige Jude Koreff, arrangiert ihre Liebschaft mit dem Staatskanzler, weil er diesen unter seinen Einfluss bringen will. Als Hardenberg sie auffordert, sich als Gesellschafterin seiner Frau bei ihm anstellen zu lassen, widersetzt sie sich ihm scheinbar, bis sie dann im somnambulen Zustand doch ihre wahre Meinung sagt. Auf Hardenbergs Frage an die Schlafende, warum sie nicht in sein Haus kommen wolle, *»ging ein Beben durch die ganze Gestalt der*

Somnambulen. Sie hatte bis dahin die Augen geschlossen, aber jetzt öffnete sie dieselben groß und weit und schaute zu dem Fürsten auf. Er wiederholte seine Frage und wiederum erbebte die ganze Gestalt, und als Hardenberg zum dritten Male lauter und gebieterischer seine Frage wiederholte, da erwiderte Friederike Hähnel mit lauter Stimme: ›Weil ich dich liebe, will ich nicht zu dir kommen! Weil ich ehrsam bleiben will und weil ich deine Frau verabscheue, kann ich nicht in dein Haus kommen.‹

Das war in der Tat die herrlichste Offenbarung eines bezwungenen, stolzen, jungfräulichen Geistes! Und Fürst Hardenberg war wie berauscht davon, so berauscht, dass er dem Doktor Koreff um den Hals fiel und ihn küsste in seiner Entzückung und ihm dankte, dass er dieses wunderbare Mädchen aus dem Feenlande ihm gegeben und mit ihm ein neues, wunderbares Glück.«

»*Tiefsinnig und geistreich*« beantwortet bei Luise Mühlbach die Somnambule auch politische Fragen, deklamiert mit »*Kraft und bezaubernder Anmut die schönsten Strophen aus Corneille und Racine in tadellosestem Französisch*« und sieht dabei, ihrem Charakter entsprechend, folgendermaßen aus: »*Sie war nach dem gewöhnlichen Begriffe der Menschen nicht schön, aber sie hatte jene diabolische Hässlichkeit, die in der Ekstase sich zur Schönheit verklärt. Sie hatte große schwarze Augen, welche mit eigenthümlichem Feuer funkelten, es schwebte um ihre gewölbten breiten Lippen ein so eigenthümlicher Zug von Üppigkeit und Weltverachtung, und es klangen von ihren Lippen, wenn sie im magnetischen Schlafe lag, so seltsam energische Worte, welche stets die Zeit mit ungeheurer Schlagfertigkeit berührten und oft die eignen Gedanken des Fürsten mit so wunderbarer Divinationsgabe wiederholten, dass der Fürst sich davon tief ergriffen und fast betäubt fühlte.*«

Aber neben diesen und ähnlichen nicht ernstzunehmenden Passagen enthalten die »Erinnerungsblätter« auch andere Seiten, auf denen die Autorin von tatsächlich Selbsterlebtem erzählt. Dabei kann sie dann auch über Friederikes Leben nach der Staatskanzler-Affäre berichten, über das die Geschichtsschreibung verständlicherweise kein Wort verliert.

6. VERFASSUNGSKAMPF

Für den Staatskanzler waren die Jahre, in denen er Friederike Hähnel zur Seite hatte, von dem ständig wachsenden Verlust an Macht und Einfluss geprägt. Der fast taube alte Mann, der sich zum Rücktritt von seinem Spitzenposten auch nicht entschließen konnte, als er Wilhelm von Humboldt und andere Verbündete aus der Regierungsmannschaft verloren hatte, hoffte noch immer, sein großes Werk, die Reformen, mit einer Verfassung für den nun wieder mächtiger gewordenen Staat abschließen zu können, was sich aber gegen den Willen Friedrich Wilhelms III. nicht verwirklichen ließ. Dieser aber, der ihn einst als Retter aus größter Not an die Spitze des Staates gestellt hatte und sich später nur notgedrungen zum Versprechen einer Verfassung hatte durchringen können, hatte die Absicht, sich seine Macht durch eine Konstitution beschneiden zu lassen, nach den militärischen Siegen bald aufgegeben und war auf die politische Linie des konservativen Adels und des österreichischen Staatsmannes Metternich eingeschwenkt.

Verfassungskampf

Varnhagen, der auch zu den Außenseitern gehört hatte, die Hardenberg in den Staatsdienst geholt hatte, aus dem man ihn seiner liberalen Ansichten wegen 1819 wieder entfernt hatte, charakterisierte die politische Entwicklung Preußens in des Staatskanzlers letzten Jahren rückblickend so: »*Nach der frischen, kräftigen Kriegsbewegung von 1813 bis 1815 schien der Kern der siegreichen Kräfte für lange Zeit der Herrschaft sicher, Hardenberg, Stein, Gneisenau, Humboldt, Boyen usw. standen in den höchsten Ämtern, Arndt, Görres, Jahn usw. genossen des höchsten Ansehens. Doch schon im Jahre 1816 hatten die Aristokraten (Servilen, Obskuranten) entschieden die Oberhand und gewannen sie in reißenden Fortschritten mehr und mehr, bis nach wenigen Jahren jene Männer und deren Gesinnung völlig verdrängt waren oder sich in untergeordneten Ämtern, in schmiegsamer Stellung mühsam hielten. Am längsten kämpfte Schleiermacher in seinem kirchlichen Gehäg, aber auch er war endlich überwunden. Und wer waren die Mächte, denen diese Helden erlagen? Elende Persönlichkeiten, schwache Talente, gemeine Kotterien, aber sie beherrschten den Hof, die Gesellschaft, die Tageserscheinung, und eine alte Gräfin Goloffkin oder Tauenzien galt hier mehr als ein würdiger Staatsmann. So fiel Gneisenau durch eine plumpe Intrige, Stein wurde weggeärgert, Humboldt verschickt, dann mit Boyen und Beyme entlassen, Gruner entfernt, ich ebenfalls, Arndt und Görres dann verfolgt, Jahn verhaftet, Schleiermacher und Reimer polizeilich gequält.*«

Ein konsequenter Verfechter der Meinungsfreiheit war Hardenberg allerdings nie gewesen. Schon in den Reformjahren hatte er Meinungen durch Zensur unterdrücken lassen, als sie seiner Politik hätten schaden können, so zu Beispiel im Falle der »Berliner Abendblätter« Heinrich von Kleists. Im Gegensatz zu Wilhelm von Humboldt, der gegen die Auswüchse der Demagogenverfolgung protestierte und sein Amt aufgeben musste, blieb Hardenberg auf seinem Posten und passte sich, vielleicht weil auch er an die Revolutionsgefahr glaubte, durch Preisgabe liberaler Positionen den Rückschrittstendenzen teilweise an. Die Unterdrückung nichtgenehmer Schriften zum Beispiel handhabte er in einigen Fällen rigoroser, als die in den Karlsbader Beschlüssen 1819 für den Deutschen Bund erlassenen Zensurbestimmungen es vorschrieben, so dass Varnhagen ihm später vorwerfen konnte, er habe im Alter durch »*Nachgeben und Zagen*« eine Richtung verfolgt, die früher von ihm bekämpft worden war. Vielleicht war es Eitelkeit, die es ihm verbot, seinen Posten zu räumen, vielleicht aber hielt ihn auch die Hoffnung auf Durchsetzung seiner Verfassungspläne an seinem Platz. Da in diesen Jahren alle süddeutschen Staaten Verfassungen erhielten, schien die Hoffnung auf eine preußische nicht unrealistisch zu sein.

Er versuchte also immer wieder den König zur Einlösung seines Verfassungsversprechens von 1815 zu veranlassen, aber alle seine Entwürfe und Denkschriften wurden lange liegen gelassen, manchmal auch in Kommissionen beraten, dann aber abgelehnt. Die Furcht vor Revolutionen, die von Metternich ständig geschürte wurde, beherrschte den König und seine Berater, auch schon die schwächste Form der Regierungsbeteiligung des Volkes schien ihnen ein Anfang von Revolution zu sein. Hardenberg, der durchaus nicht die Absicht hatte, die Macht des Monarchen entscheidend zu schwächen, vielmehr mit der Annahme einer Verfassung Revolutionen vorzubeugen meinte, war unsinnigerweise beim stockkonservativen Teil des Adels als verkappter Jakobiner verschrien.

Er war der bessere Politiker, weil er die überall erhobenen Forderungen des erstarkten Bürgertums nach einer Verfassung als Zeichen der Zeit richtig erkannte, er war aber kein Demokrat oder gar Republikaner, er war und blieb der aufgeklärte Aristokrat des 18. Jahrhunderts, worin er seinem mächtigen Gegenspieler Metternich erstaunlich ähnlich war. Beide waren rationalistisch denkende Realpolitiker, die den Zusammenhalt und die Ordnungen der Staaten nicht durch Mythen oder Leitideen sichern wollten, sondern durch eine von Vernunft bestimmte Bürokratie. Für die Idee der Nation, die das 19. Jahrhundert beherrschen sollte, waren beide ohne jedes Verständnis, und auch im privaten Bereich ihres Lebens legten sie das Alt-Aristokratische nie ab. Beide waren große Verschwender und Schuldenmacher, beide hatten drei Ehen geschlossen, und ihre laxen Moralauffassungen, die im Gegensatz zu den bürgerlichen standen, hatten ihnen unzählige außereheliche Liebschaften erlaubt.

In Preußen, wo die liebevolle und treue Ehe, die die früh verstorbene Königin Luise mit Friedrich Wilhelm III. geführt hatte, viel zur Popularität der Monarchie beigetragen hatte, wurde das Verhältnis des alten Staatskanzlers mit der jungen Hähnel als ein Ärgernis betrachtet, teils aus moralischen Gründen, teils aber auch, besonders in adligen Kreisen, weil er sich keine Mühe machte, es geheim zu halten, sich vielmehr oft mit seiner Nebenfrau, die an die Mätressen der absoluten Herrscher des vorigen Jahrhunderts erinnerte, in der Öffentlichkeit sehen ließ.

Schon wenige Monate nach Hardenbergs erster Begegnung mit Friederike Hähnel bei Doktor Wolfart gehörte sie neben der Fürstin und Koreff zu seiner Reisebegleitung, als er im August 1816 eine Badekur in Doberan machte und anschließend, wie schon oben von Homogalakto berichtet, zur dänischen Insel Laaland segelte, um seinen Sohn auf dessen Schloss Krenkerup zu besuchen, und auf der Seefahrt in den von Friederike vorhergesagten Sturm geriet. Die Seekrankheit, die dabei beide Frauen erlitten, hatte eine längere Krankheit Friederikes zur Folge, wie aus Hardenbergs Tagebuchnotizen: »*Schreckliche Krankheit der Hähnel*« oder auch nur »*arme Hähnel*« ersichtlich ist. In den nächsten Jahren häufen sich Notizen über Krankheiten der Hähnel, und mehrmals werden auch die Festlichkeiten zu ihrem Geburtstag erwähnt.

Einmal, im Sommer 1819, ist in Hardenbergs Tagebuch auch von einer Reise Friederikes in ihre Heimatstadt Neubrandenburg die Rede, über die der dortige Arzt Siemerling alias Homogalakto folgende Auskunft gibt: »*Endlich erschien sie mit fürstlicher Equipage und Dienerschaft. Ihr zerrüttetes Nervensystem, dazu ein Fehltritt beim Einsteigen in den Wagen, zog ihr ein langdauerndes Siechthum zu. Gewöhnt an animalisch-magnetische Behandlung, verlangte sie gleiche von mir. Hier war es, wo ich außerordentliche Erscheinungen, Clairvoyancen und Ekstasen beobachtete, die zu schildern mir besonders deshalb nicht in den Sinn kommt, weil Professor W*[olfar]*t das Vertrauen zum animalischen Magnetismus auf ganze Generationen hinaus durch eine libidinöse, entsetzlich materielle Selbstverschuldung zu Grabe getragen hat.* [Er hatte sich an einer seiner Patientinnen vergangen.] *Ohne Zweifel ist Dir, mein Semilasso! das Nähere darüber nicht entgangen; darum erspare ich mir weitere specielle Mittheilung, die ich Dir auf Deinen Wunsch nur in einer aparten Correspondenz geben würde.*«

Die Sorgen, die sich Hardenberg um die Kranke machte, als diese wochenlang in Neubrandenburg bleiben musste, bezeugen die Tagebücher, in denen jede »*traurige Nachricht von der Hähnel*« verzeichnet ist. Einmal wird ein Bericht Doktor Wolfarts, der anscheinend zu ihr hatte reisen müssen, übermittelt, dann wieder wird ein Brief über den Zustand der armen Hähnel vorgelesen, den möglicherweise der Neubrandenburger Arzt Siemerling geschrieben hatte und nach dem »*Koreff glaubt, dass sie nicht reisen kann*«. Anfang September wird dann beschlossen, den Magnetiseur Doktor Ennemoser, einen ehemaligen Lützower, den Koreff und Hardenberg an die Bonner Universität lanciert hatten, nach Neubrandenburg zu schicken, und mit diesem zusammen kommt die Kranke dann Mitte September wieder in Glienicke an.

Die Fiktion, nach der Friederike Hähnel als Gesellschafterin der Fürstin bei Hardenberg lebte, wurde zwei Jahre etwa beibehalten, dann scheint sich die Fürstin dieser sie entwürdigenden Rolle mehr und mehr verweigert zu haben, denn seit 1818 war sie auf den häufigen Reisen des Staatskanzlers, auf denen er meist von der Hähnel begleitet wurde, nicht mehr dabei. Auch an den ständigen Ortswechseln ihres Mannes war sie nicht immer beteiligt. Denn zum Ärger seiner Mitarbeiter konnte es der Staatskanzler weder an seinem Arbeitsplatz in Berlin noch auf seinem Ruhesitz Glienicke lange aushalten, oft war er auf Dienst- oder Bäderreisen, und wochenlang kümmerte er sich dann auch wieder um seinen Besitz Neuhardenberg. Während die Hähnel ihn oft begleitete, fuhr die Fürstin allein, manchmal auch mit Koreff zusammen in die Bäder, im Sommer 1818 zum Beispiel nach Aachen, während Hardenberg sich nach einer längeren Inspektionsreise durch die 1815 neuerworbenen westlichen Provinzen mit der Hähnel zusammen in Spa erholte, Ausritte und Ausflüge mit ihr machte und diese mit der gleich kurzen Tagebuchnotiz bedachte wie ein Treffen mit dem britischen Staatsmann und Feldmarschall Wellington.

In den letzten Monaten des Jahres 1819 berichtet

Verfassungskampf

das Journal, wie Hardenberg sein Tagebuch nannte, sowohl von den Karlsbader Beschlüssen, nach denen sich die zum Teil vom König persönlich angeordneten Polizeischikanen und Zensurmaßnahmen mit stillschweigender Billigung des Staatskanzlers gesteigert hatten, als auch über private Ereignisse wie Magnetisierungen der Hähnel, für die Doktor Wolfart nach Glienicke geholt worden war. Notiert werden aber auch Gespräche mit Koreff über die schlechte Stimmung der Fürstin, und am 22. Dezember 1819 heißt es: *»Schlechtes Ende des Jahres«*, was sich aber wohl weniger auf die von Zensurwillkür bestimmte innerpolitische Lage als auf die familiäre Situation bezieht. Denn in der Notiz davor wird auf Französisch an traurige Vorfälle *(»Evenements tristes«)* erinnert, bei denen seine Frau mit der Hähnel aneinandergeraten war.

7. DER ABSTURZ

Der Staatskanzler, der Koreff zu seinem raschen Aufstieg verholfen hatte, führte wenige Jahre später auch seinen Absturz herbei. Anlass dafür war Hardenbergs Ehemisere, in der Koreff sich auf die Seite der gedemütigten Fürstin stellte, mit der ihn möglicherweise mehr als Mitleid verband. Der Ehemann hatte von seiner Gattin ein geduldiges Abfinden mit der untergeordneten Rolle gefordert, die sie mehr und mehr im eignen Hause zu spielen hatte, sie aber war durch die von ständiger Spannung erfüllte Atmosphäre zu Wutausbrüchen und Beleidigungen der Hähnel verleitet worden und hatte so den Zorn ihres Mannes erregt. Die Auseinandersetzungen wurden so unerträglich, dass die Trennung der Ehe erwogen wurde und die Fürstin Schloss Glienicke schließlich verließ. Sie flüchtete sich erst, teilweise in Koreffs Begleitung, in Badeorte, um dann für längere Zeit in Dresden zu bleiben, während der Ehestreit seine Fortsetzung in Briefen fand. Hardenberg aber vollzog den ersten Schritt zu Koreffs Entmachtung, indem er sich statt seiner den

Der Absturz

Abb. 6: Dr. Ferdinand Koreff. 1820. Bleistiftzeichnung von Wilhelm Hensel

Doktor Johann Nepomuk Rust als neuen Leibarzt verschrieb.

Koreff, der seine Machtstellung auch zugunsten von Freunden und Bekannten genutzt hatte, musste nun die bittere Erfahrung machen, dass keiner der von ihm Geförderten ihm dankbar war. Rust, den man auf seine Empfehlung hin aus Österreich nach Preußen geholt hatte, war an seine Stelle als Leibarzt getreten. Friederike Hähnel, die durch seine Initiative ihre ungewöhnliche Karriere hatte beginnen können, war bestrebt, ihn mit der Fürstin zusammen aus dem Hause zu drängen, und so ähnlich verhielt es sich auch mit einem gewissen Maximilian Schöll. Dieser war in Paris mit Koreff befreundet gewesen, war von diesem dem Staatskanzler empfohlen worden und lebte nach Koreffs Verabschiedung als eine Art Privatsekretär ständig in Hardenbergs Haus. Schöll war in jungen Jahren aus revolutionärer Begeisterung 1789 nach Paris gegangen und hatte dort nach dem Abklingen seines Revolutionsfiebers einen Verlag gegründet, in dem auch Koreffs Gedichtband erschienen war. Nach seinem Eintritt in preußische Dienste hatte er sich nach Varnhagens Worten nicht nur zum »*Schlemmer und Wohlleber*«, »*Dickwanst*« und »*Geldschneider*« entwickelt, sondern auch zum »*wütenden Ultra*«, also zum Reaktionär. Vom Staatskanzler aber wurde er als ergebene Hilfskraft geschätzt.

Aber nicht nur Hardenbergs private Querelen führten zu Koreffs Verabschiedung, sondern auch ein politischer Anlass, bei dem es sich um eine Veröffentlichung des in Düsseldorf lebenden Physikers Johann Friedrich Benzenberg handelte, der als Publizist die liberalen Forderungen des rheinischen Bürgertums vertrat. Seine anonym in einer Zeitschrift erschienene Abhandlung »Über die Verwaltung des Staatskanzlers Fürsten von Hardenberg«, die auch gesondert als Buch zu haben war, sollte Hardenbergs Verfassungsbemühungen unterstützen, bewirkte aber das Gegenteil. Die Offenheit nämlich, mit der hier Hardenbergs liberales Denken gepriesen und den Beharrungsabsichten seiner Gegner gegenübergestellt wurde, gab den Verfassungsfeinden erneut Anlass, im Staatskanzler den Jakobiner zu sehen. Um nicht in den Verdacht zu geraten, diese Angriffe auf seine Widersacher, zu denen auch der Kronprinz gehörte, veranlasst zu haben, war Hardenberg zur Distanzierung von Benzenbergs Schrift genötigt, musste bald darauf aber erleben, dass eine französische Ausgabe des Aufsatzes in Paris ediert wurde, als deren Verfasser sein Günstling Koreff genannt war.

Dieser Irrtum war dadurch entstanden, dass Koreff, der sich bei seinen Bemühungen um die Bonner Universitätsgründung mit den rheinischen Verhältnissen vertraut gemacht hatte und Benzenbergs Ansichten weitgehend teilte, dessen Schrift an seinen französischen Freund, den liberalen Schriftsteller Benjamin Constant gesandt hatte, und dieser geglaubt hatte, es handele sich bei der anonymen Schrift um Koreffs eignes Werk. Obwohl diese falsche Angabe durch eine öffentliche Erklärung Koreffs sofort berichtigt wurde, nahm Hardenberg sie zum Anlass, den vielbeneideten Juden ganz von sich zu entfernen, indem er seine Versetzung in die Medizinalsektion des Kultusministeriums veranlasste und auf vertraulichen Wegen die völlige Entfernung Koreffs aus Berlin betrieb.

Von den Liberalen des Rheinlandes wie Dorow wurde Koreffs Entmachtung sehr bedauert, und ebenso dachte der junge Heinrich Heine, der 1822 ein Jahr seines Studiums in Berlin verbummelte und launig darüber schrieb. Heine war von der damals in Berlin uraufgeführten romantischen Oper »Aucassin und Nicolette«, deren Text Koreff gedichtet hatte, begeistert und hatte von dem Geheimrat Koreff, dessen Patient und Freund er später in Paris werden sollte, nur Gutes gehört. In seinen »Briefen aus Berlin« rühmt er

Koreffs *»gesellige Tugenden«*, seine *»angenehme Persönlichkeit«*, die *»Großartigkeit seiner Gesinnung«* und nennt seinen Abgang einen *»Verlust für die Stadt«*.

In der Beamtenschaft und am Hofe dagegen wurde der Sturz des jüdischen Aufsteigers mit Schadenfreude begrüßt. Aber auch sein Jugendgefährte Chamisso, der im Magnetismus nur romantische Verirrung oder gar Betrug erkennen konnte, sah das plötzliche Ende dieser Karriere mit amüsierter Genugtuung, wie sich an zwei satirischen Lustspielen und einem Prosafragment dieser Jahre erkennen lässt.

Die Lustspiele »Die Wunderkur« und »Der Wunderdoktor« waren ihm aber so witzlos geraten, dass sie nur eine Aufführung erlebten, und das Stück Prosa blieb in seinem Nachlass liegen und wurde erst 1926 der Öffentlichkeit bekannt. Es handelt sich dabei um den Anfang einer satirischen Erzählung, die für die geplante, aber nie fertig gewordene Fortsetzung des 1808 unter dem Titel »Versuche und Hindernisse Karls« erschienenen Gemeinschaftsromans des Nordsternbundes bestimmt war. Der Dichter lässt hier seinen in Armut lebenden Schlemihl mit einem Jugendfreund zusammentreffen, der es zu Reichtum, vielen Orden und der Würde eines Geheimrats gebracht hat. Seinen rasanten Aufstieg, der ihn sogar zum Geliebten der Fürstin macht, hat er sich durch das Glaubensbedürfnis jener Menschen erworben, die nicht mehr an Gott und die Unsterblichkeit, wohl aber an den Magnetismus glauben, hinter dessen wissenschaftlicher Tarnung sich nur die alte Magie verbirgt.

Der Absturz

Nachdem der neureiche Freund dem armen Schlemihl eine Rolle Münzen geschenkt und die Einrichtung einer Wohnung versprochen hat, verschwindet er wieder – und kommt vierzehn Tage später abgerissen und ausgehungert zurück, schlingt gierig, *»fast wie ein wildes Tier«* die Speisen hinunter und will mit der Erzählung seines plötzlichen Absturzes beginnen, da aber bricht das Fragment ab.

»Koreff ist gänzlich aus dem Sattel gehoben«, kann man in einem Brief Pücklers vom 10. Mai 1821 lesen. *»Man hört jetzt bei Tische«* in Hardenbergs Hause *»über Juden nur witzeln und schmähen.«*

8. HOCHZEIT

Tempelberg, im brandenburgischen Kreis Lebus gelegen, war im Mittelalter im Besitz der Tempelritter, später der Johanniter gewesen und hatte dann vierhundert Jahre lang der Familie von Wulffen gehört. Als sich Hardenberg 1802 endgültig für Preußen entschieden hatte und seine Besitzungen in Hannover veräußert waren, hatte er Tempelberg gekauft. Nach dem Umbau des Schlosses und der Modernisierung des Gutes war er 1803 mit seiner Charlotte, die er noch nicht geheiratet hatte, dort eingezogen und hatte, mit Ausnahme des Exils in Ostpreußen während der französischen Besetzung, bis zu seiner Ernennung zum Staatskanzler dort gelebt. Als dann 1814 seine Verdienste um das reformierte Preußen mit der Schenkung von Neuhardenberg, das vorher Quilitz geheißen hatte, belohnt worden waren, war das nicht weit davon entfernte Schloss Tempelberg eigentlich überflüssig geworden, doch wurde es von ihm auch weiterhin für inoffizielle Begegnungen genutzt.

In dieses abgelegene Dorf, wo man vom Schloss aus

Hochzeit

*Abb. 7: Schloss Tempelberg um 1840. Zeichnung von
Carl Graf von Hardenberg*

auf Dorfteich und Kirche hinunterblickte, war der Staatskanzler, der am Vortag noch eine Unterredung mit dem König gehabt hatte, am 4. Mai 1821 gefahren, und Friederike Hähnel, die wieder ihre Mutter in Neubrandenburg besucht hatte, war am Abend dazugekommen, weil am nächsten Tag ein Treffen mit der geheimnisvollsten Person dieser Geschichte vereinbart worden war. Es handelte sich dabei um einen Herrn von Kimsky, von dem Gerüchte sagten, er sei ein Offizier und ein Spieler gewesen, von dem man sonst aber nichts, nicht einmal den Vornamen weiß. Auch ist nicht auszuschließen, dass das »von« vor seinem Namen auf Betrug beruhte, denn eine adlige Familie dieses Namens gab und gibt es im deutschsprachigen Raum nicht.

Dieser von Kimsky, dem wir im Laufe unserer Geschichte sogar mit dem Titel Baron wieder begegnen werden, hatte sich zu einer Dienstleistung bereitgefunden, die in einer vom Staatskanzler gewünschten und wahrscheinlich auch gut bezahlten Eheschließung bestand. Kimsky übernahm nämlich die Aufgabe, Friederike Hähnel offiziell zu heiraten, ohne die Rechte eines Ehemanns wahrnehmen zu dürfen, also mit der Rolle eines Strohmannes immer zufrieden zu sein.

Da Hardenberg mit seiner Gemahlin nicht mehr zusammenlebte, folglich für sie auch keine als Gesellschafterin dienende Dame mehr brauchte, hatte er sich zur Beschwichtigung des öffentlichen Ärgernisses diese Scheinehe erdacht. Vielleicht hatte ihn auch der König, der persönlich ein moralisch einwandfreies Leben führte und von seinen Leuten zumindest den äußeren Anschein eines solchen erwartete, zu diesem Schritt gedrängt. Hatte doch auch des Königs Vater, Friedrich Wilhelm II., dem Beispiel mancher Souveräne des 18. Jahrhunderts folgend, seine Mätresse Wilhelmine Enke, um den Schein von Anstand zu wahren, durch Scheinheirat mit seinem Kammerdiener zeitweilig zu einer Madame Ritz gemacht.

Am 5. Mai also wurde in Tempelberg der Heiratsvertrag zwischen den drei Beteiligten ausgehandelt, am 6. beim *»Förster in der Heyde«* zu Mittag gegessen, und am 7. wurde Herr von Kimsky in Neuhardenberg einigen Gästen, zu denen auch der im nahen Möglin lebende Agrarwissenschaftler Albrecht Thaer gehörte, zum ersten Mal als künftiger Ehemann der Mademoiselle Hähnel vorgestellt.

Hochzeit

Varnhagen, der immer ein Ohr für den Klatsch der Berliner Gesellschaft hatte und diesen auch zu notieren pflegte, war schon am 28. April zu Ohren gekommen, dass »*Fräulein Hähnle* [!] *einen Offizier heiraten wird*«. Am 11. Mai erreichte ihn die Nachricht von der Verlobung, doch brachte er sie in eine Verbindung, die nicht ganz der Wahrheit entsprach. Die Eintragung in seinen »Tageblättern« lautete nämlich: »*Es heißt, der Kanzler sei völlig ausgesöhnt mit seiner Gemahlin, aber unter der Bedingung, dass sie den Geh. Rath Koreff nicht wieder ins Haus kommen lässt. Verlobung der Mlle. Hähnle.*«

Varnhagen schien also vorauszusetzen, dass das Gerücht über ein intimes Verhältnis der Fürstin mit Koreff auf Wahrheit beruhte, die Fürstin aber bereit war, es aufzugeben, wenn eine Heirat der Hähnel den Anschein erweckte, dass deren Verhältnis zum Staatskanzler beendet sei. Wahr daran war nur, dass es Versöhnungsversuche der Eheleute tatsächlich gegeben hatte. Zum Erfolg geführt aber hatten sie nicht.

Die Hochzeit, die Mamsell Hähnel zur Frau von Kimsky machte, wurde am 3. August 1821 in Neuhardenberg in kleinstem Kreis gefeiert, als Trauzeugen waren nur zwei Männer von Adel dabei. Da es Sonntag war, wurde die Trauung im Anschluss an den Gottesdienst der Gemeinde in der von Schinkel neu und originell gestalteten Kirche von dem Dorfpfarrer vollzogen, dessen Predigt und Traurede der Staatskanzler im Tagebuch mit der bei ihm seltenen Beurteilung »*schön*« versah. Am 6. fuhren die drei an der Heirat

Beteiligten gemeinsam nach Glienicke, wo wenig später ein Festessen gegeben wurde, an dem auch, laut Tagebuch, Frau von Kimskys *»Familie«* teilnahm, unter der man sich wahrscheinlich ihre jüngere Schwester und, da ihr Vater wohl schon gestorben war, ihre Mutter vorzustellen hat. Der Fürst war also bemüht, alle üblichen Rituale einer Eheschließung einzuhalten, wozu dann auch gehörte, dass das junge Paar zum Anstandsbesuch bei der Brautmutter nach Neubrandenburg fuhr.

Eine Art Hochzeitsreise, die allerdings nur sechs Tage dauerte und vom Stifter der Ehe, dem Staatskanzler also, begleitet wurde, fand noch in diesem Sommer statt. Von Glienicke aus fuhren die drei am ersten Tag über Mittenwalde und Storkow nach Beeskow, wo sie beim *»Post- und Rittmeister Natus«* ein *»lustiges Abendessen«* genossen und übernachteten, um am nächsten Morgen durch *»viel Sand«* über Lieberose, Cottbus und Spremberg nach Muskau zu fahren, wo man sie überaus freundlich empfing. Die vier Tage ihres Besuchs waren gefüllt mit Vergnügungen, zu denen neben der Besichtigung der herrlichen Parkanlagen und der Berg- und Alaunwerke auch das Schießen auf einen hölzernen Rehbock gehörte und die bequeme Form einer Jagd. Bei dieser wurde das schon vorher gefangene Wild der Jagdgesellschaft vor die Flinten getrieben, so dass den Herrschaften das Jagdglück sicher war. Hardenberg konnte zwei Keiler und einen Rehbock erlegen, was er im Journal aber damit erklärte, dass das Wild sich nur mühsam bewegen konnte, da es vorher gebunden worden war.

Der Herr von Muskau, der vier Jahre zuvor Hardenbergs Tochter Lucie geheiratet hatte, war also sehr darum bemüht, den Schwiegervater und dessen Geliebte fürstlich zu unterhalten und ihn dadurch für sich zu gewinnen. Er erhoffte sich nämlich noch manche Gunstbezeigung von ihm.

9. PÜCKLER

Die Standesherrschaft Muskau in der Oberlausitz, die mit der Stadt gleichen Namens zusammen etwa dreißig Dörfer, viele Fischteiche, Mühlen, Eisenhämmer sowie Berg- und Alaunwerke umfasste, hatte 1811, als Graf Hermann von Pückler sie nach dem Tod seines Vaters geerbt hatte, wie die ganze Oberlausitz zum Königreich Sachsen gehört. Durch die Beschlüsse des Wiener Kongresses war sie mit dem nördlichen Teil der Oberlausitz zusammen 1815 an Preußen gefallen, durch dessen Reformgesetzgebung der Graf Pückler zwar einige Rechte verloren hatte, in seinem Besitz jedoch nicht geschmälert war. Er war und blieb, auch als Verschwender und Schuldenmacher, ein reicher Mann.

Der Graf war aber nicht nur reich an Besitztümern, sondern auch an Talenten. Er war ein genialer Gartenkünstler, von dessen Können man sich noch heute in den Parks von Muskau und Branitz überzeugen kann. Im Kriege hatte er sich als Reiteroffizier durch Tollkühnheit ausgezeichnet, im Frieden aber dem Militär bald wieder den Rücken gekehrt. Als Schrift-

*Abb. 8: Hermann Fürst von Pückler-Muskau.
Bleistiftzeichnung von Wilhelm Hensel*

steller, der das Glück hatte, schon mit dem ersten Werk bei Goethe Beachtung zu finden, war er originell und erfolgreich, und als weltkundiger Reisender schreckte er vor keinem Abenteuer zurück. Er war ein Freigeist, der die christlichen Kirchen verachtete, pantheistische Gottesvorstellungen hatte und nach einer Privatmoral lebte, die es ihm auch gestattete, ohne Gewissensbisse ein erfolgreicher Frauenverführer zu sein. Ludmilla Assing, die Nichte seines Freundes Varnhagen, die seinen schriftlichen Nachlass erbte, um, wie er es gewollt hatte, seine Biogra-

Die Somnambule oder Des Staatskanzlers Tod

phie zu schreiben, charakterisierte in dieser die erotische Seite seines Wesens in einer Mischung aus Faszination und Abwehr so:

»Er war strahlend schön in der Jugend und strahlend schön bis zum höchsten Alter, den Frauen gegenüber bald sanft und bald heftig, bald kühl und bald zärtlich, stets liebenswürdig, geistig angeregt, oft, wenn er zu spielen schien, ernsthaft und wenn er ernsthaft schien spielend, stets überraschend und ungewöhnlich, ja oft blendend, ein Don Juan, der überall auf Eroberungen ausging.« Wenn die von ihm geliebten Frauen verheiratet waren, *»kümmerte ihn das wenig, ja, machte ihn nicht einmal unglücklich. Was ging ihn das an! Wenn er nur ihre Gunst erlangte, so hatte er alles, was seine Sehnsucht begehrte. Die Ehemänner im Allgemeinen war er gewohnt als eine Art komischer Dekoration anzusehen, die zu betrachten ihn zuweilen belustigte, die er aber nie als in den zu spielenden Roman eingreifende Personen anerkannte. Sie erschienen ihm wie gleichgültige Toilettenstücke seiner Freundinnen, die diese nach Belieben so gut als ihre Koiffüren und ihre Fächer ablegen oder tragen konnten. In diesen Dingen habe ich gar kein Gewissen, sagte Pückler noch im späten Alter mit einer Art von naivem Stolze. ... In seinem weiten Herzen fand eine wahrhaft demokratische Gleichberechtigung Raum. Diademgeschmückte Fürstinnen, Prinzessinnen, Gräfinnen, Hoffräulein, Künstlerinnen, bürgerliche Kleinstädterinnen und elegante Weltdamen, Zofen und Mädchen aus dem Volke, Schöne und Hässliche, Alte und Junge lockte er gleich-*

mäßig in seine Zaubernetze, und zwar zu allen Zeiten seines Daseins vom Beginn seiner Laufbahn als junger, glänzender Offizier so wie als Alter vom Berge mit dem Silberhaar ... Natürlich imponierten ihm diejenigen Frauen am meisten, – ach, wir dürfen nicht hoffen, dass es die Majorität war! – die sich n i c h t von ihm berükken ließen und ihm die Parthie abgewannen; diese staunte er an mit einer naiven Bewunderung und Ehrfurcht und blieb ihnen am treuesten ergeben. Dass die Zahl der anderen ... groß, ja ungeheuer groß war, das bezeugen die sorgfältig von ihm aufbewahrten und geordneten Briefwechsel, die eine ganze Bibliothek bilden, und man kann es oft kaum begreifen, was alles sich die zarten und anmuthigen Wesen, die ihm auf Rosa- und Spitzenpapier ihre Gefühle aussprachen und denen er ihre Bekenntnisse entlockte, sich von ihm gefallen ließen. Denn bei aller Sympathie für einen so originellen und ausgezeichneten Mann kann man oft nicht anders als sich mit Abscheu abwenden von dem Abgrund der dunklen Entsetzlichkeiten, die er seinen Freundinnen in seinen Briefen auszusprechen wagte, die er mit dämonischer Freude in Abschrift den empfangenen Briefen beizulegen pflegte und sorgfältig als psychologisches Material aufbewahrte. Der Don Juan, der Jupiter konnte auch zum Mephistopheles werden! – Aber auch bei diesen Nachtseiten seines Wesens gingen Herzensgüte, poetische Gefühle und geistige Anflüge nicht ganz verloren, und der Sinn für das Edle und Gute war sogleich wieder in ihm lebendig, wo er kräftig angeregt wurde.«

Seine politischen Ambitionen waren im Vergleich zu den erotischen nur gering. Er neigte nicht dazu, seine politischen Ansichten, die in den hier in Betracht kommenden Jahren ganz von seiner Stellung als Aristokrat bestimmt waren, anderen aufzudrängen, weshalb er sich dann auch, wie wir sehen werden, mit dem Staatskanzler anfreunden konnte, obwohl er politisch anderer Ansicht als dieser war. Zwar versuchte er einmal in einem langen Schreiben, Hardenberg davon zu überzeugen, dass die Beschneidung der Adelsvorrechte in der Reformära sich als ein Unglück für Preußen erwiesen hatte und eine Verfassung nur den Jakobinern »*zum Umsturz jedes Bestehenden*« dienen werde, aber die Folge war nur, dass Hardenberg künftig politische Gespräche mit seinem Schwiegersohn möglichst vermied.

Pücklers Leidenschaft für die Gartenkunst, die ihn dazu trieb, die Gegend um Muskau in einen ausgedehnten Landschaftspark zu verwandeln, ließ sein Vermögen rasch dahinschmelzen, und da er sein Luxusleben, an das er sich seit dem Tode des Vaters gewöhnt hatte, nicht aufgeben konnte, war er bald so stark verschuldet, dass er die einzige Rettung in der Heirat einer Frau mit Vermögen sah. Diese fand er in der Gräfin Lucie von Pappenheim, der Tochter des Staatskanzlers aus erster Ehe, die sich als Zwanzigjährige verheiratet hatte, sechs Jahre später aber schon wieder geschieden worden war. Nach einer Liebesaffäre mit dem General Bernardotte, dem späteren König von Schweden, war sie mit ihrer Tochter und einer angeblichen Pflegetochter, die vermutlich einer außerehelichen Beziehung entstammte, nach Berlin gezogen, wo sie Pückler begegnet war. 1817, in dem Jahr also, in dem Friederike Hähnel begonnen hatte, die Ehe des Staatskanzlers durcheinanderzubringen, heiratete dessen Tochter den neun Jahre jüngeren Pückler, obwohl dieser ihr nicht verheimlicht hatte, dass es ihm vor allem um ihr Vermögen zu tun war.

Wie alles, was Pückler machte, war auch diese Ehe von außergewöhnlicher Art. Zwar dauerte sie offiziell nur so lange, bis er auch Lucies Vermögen seinem Gartenbauprojekt und anderen Leidenschaften geopfert hatte und sich auf die Suche nach einer anderen reichen Ehefrau machte, doch hatte sein Verhältnis zu Lucie, so zweckbestimmt es auch begonnen hatte, eine ausdauernde Gefühlsverbindung der beiden zur Folge, die erst mit Lucies Tod (1854) ein Ende fand. Das immer Liebe genannte Gefühl, das er seiner Schnucke, wie er sie nannte, ungeachtet seiner vielen Affären mit anderen Frauen tatsächlich entgegenbrachte und in vielen Briefen variantenreich zu versichern wusste, enthüllte sich im Laufe der Jahre mehr und mehr als eine Art Sohnesliebe, durch die er sie, die wahrhaft liebende Ältere, nach und nach in die Rolle der mütterlichen Freundin zwang.

Zu Lucies Vorzügen gehörte in Pücklers Augen neben ihrer opferbereiten Liebe, ihrem Reichtum und ihrer reizenden Pflegetochter, die Lucie seinem Begehren aber zu entziehen wusste, auch ihr Vater, der Staatskanzler, von dessen Protektion er sich die Erfül-

Die Somnambule oder Des Staatskanzlers Tod

lung einiger Wünsche versprach. Da sich aber der alte Herr ihm gegenüber anfangs verschlossen zeigte, versuchte er auf dem Umweg über Koreff an ihn heranzukommen und sich auch mit Friederike Hähnel anzufreunden, von deren Einflussmöglichkeiten er sich mit Recht viel versprach.

Sein Werben um die Zuneigung seines Schwiegervaters hing mit einem weiteren Extrem seines Wesens zusammen, das man übersteigerte Geltungssucht nennen könnte oder eine kindliche Form von Eitelkeit. So bevorzugte er zur Betonung seiner Ausnahmeerscheinung, derer er sich sehr bewusst war, elegante, originelle und besonders kostbare Kleidung, kaufte die teuersten Equipagen, und seine Pferde mussten die edelsten sein. Bei Berlin-Besuchen legte er Wert darauf, vom König empfangen zu werden, und bei Ausritten im Berliner Tiergarten mit Prinzen und Generälen verstand er es, durch tollkühne Eskapaden immer im Mittelpunkt der Gesellschaft zu stehen. Wenn er später in andere Länder und Erdteile reiste, wollte er an den Höfen der Herrscher wie ein Staatsgast empfangen werden, und immer war er in kindischer Freude auf schmückende Orden aus. Lucies frühere Beziehung zum König von Schweden hoffte er zur Erlangung eines begehrten schwedischen Ordens nutzen zu können, und als er 1818 im eignen Auftrag zum Kongress der europäischen Mächte nach Aachen reiste, war seine Freundschaft mit russischen Diplomaten mit der Hoffnung auf die Verleihung des berühmten Wladimir-Orden verknüpft. Sein Versuch, Diplomat zu werden, war auf den Gesandtenposten in Konstantinopel gerichtet, weil er sich dort den Besitz feuriger arabischer Pferde erhoffte und ein Auftreten in bunter orientalischer Tracht. Sein wichtigster Wunsch jedoch war die Standeserhöhung zum Fürsten, die nur durch Befürwortung des Staatskanzlers zu erlangen war. Sein Werben um die Liebe des Schwiegervaters diente vor allem diesem Zweck.

Dass Hardenbergs Verhalten seinem Schwiegersohn gegenüber schon während des Kongresses in Aachen freundlicher wurde, schrieb Pückler dem guten Einfluss Koreffs zu. Nachdem er sich diesem gegenüber als Bewunderer seiner Gedichte ausgegeben hatte, wurde er zu Festessen geladen, die der Staatskanzler für die ausländischen Diplomaten gab. Dabei kam er dann auch mit der Fürstin und der Hähnel zusammen, die ihre Rivalität noch gut zu verbergen wussten, so dass die Gesellschaft, obwohl sie die wahre Rolle der Hähnel kannte, in ihrer Anwesenheit auf dem Kongress nur ein geringes Ärgernis sah. Da es Pückler gelang, beide Frauen für sich zu erwärmen, wurde auch der Kanzler zugänglicher, und die Annäherung, die in Aachen begonnen hatte, setzte sich dann noch erfolgreicher in Berlin und Glienicke fort.

Bald stand er, wie er an Lucie schrieb, mit ihrem Vater »*auf gutem Fuß*«, lobte sich selbst seiner Fähigkeit des »*Einschmeichelns*« wegen und hatte die Freude, dass Hardenberg ihm das Du anbot. Als gerngesehener Gast in Glienicke konnte er den immer heftiger werdenden Streit der beiden Frauen miterleben, der auch den Sturz Koreffs zur Folge hatte, hielt sich selbst aber klugerweise aus den Zänkereien heraus. Mit der Fürstin vertrug er sich so gut wie mit der Hähnel, die von ihm, wie er an Lucie schrieb, »*ganz bezaubert*« war. Als sich dann die Fürstin von Hardenberg trennte, erst in Teplitz, später in Dresden lebte und einen Skandal zu provozieren drohte, machte sich Pückler für Hardenberg unentbehrlich, indem er als Vermittler zwischen den Ehegatten hin und her reiste und ihm schließlich auch eine gütliche Einigung zu erzielen gelang.

Hardenberg scheint tatsächlich damit gerechnet zu haben, seine Frau mit der Heirat der Hähnel besänftigen zu können, jedenfalls forderte er sie im ersten seiner von Pückler überbrachten Briefe, die, wie wir sehen werden, ihrer versöhnlichen Töne wegen Frau von Kimsky in Aufregung versetzten, zur Rückkehr auf. »*Kehre zurück mit den sanften, friedfertigen Gesinnungen, die die erste heilige Christenpflicht erheischt, und die insonderheit einer Frau vorgeschrieben ist und ihre Hauptzierde ausmacht. Auf jeder Seite der heiligen Schrift liesest Du so die göttlichen Vorschriften. Achte doch darauf und sei Herr Deines Grolles! Du hast unter anderem die Hähnel beschuldigt, sie wolle sich auf Deinen Stuhl setzen. Den stärksten Beweis vom Gegentheil hat sie durch ihre Heirath gegeben. Ihr Mann ist ein gebildeter, rechtlicher und artiger Mann, der Dir bei näherer Bekanntschaft ganz gewiss gefallen würde. Frau von Kimsky ist übrigens jetzt in ganz an-*

deren Verhältnissen als sonst. Sie ist nicht mehr Deine Gesellschafterin oder Dienerin; sie kann mit Dir nie in Kollision kommen und Dir nie Besorgnisse erregen. Lasse uns also alles Geschehene, alles Vergangene auf ewig vergessen und ein neues heiteres und frohes Leben anfangen. Kehrst Du so wieder zu mir zurück, so sei von nichts weiter die Rede, so wirst Du mit offenen Armen in dem Cirkel meiner Familie und unserer Freunde, wozu ich auch Herrn und Frau Kimsky zähle, empfangen werden.«

Nur von ihrer Schuld, nicht von seiner ist also in seinen Briefen die Rede. Und wenn er sich selbst dafür anklagt, sie zum Magnetismus verführt zu haben, so ist damit wieder nur ihr schuldhaftes Verhältnis zu Koreff gemeint. Nicht durch ihn, den Ehemann, schrieb er, sei der öffentliche Ärger erregt worden, sondern durch ihre Flucht aus der Ehe, und deshalb sei die baldige Entfernung Koreffs vonnöten. Falls sie das aber verhindere, wäre die Trennung der Ehe ganz ihr Verschulden, und das hätte üble Folgen für sie.

Auf dieses scheinbare Angebot zur Versöhnung konnte die Fürstin erst nur mit aggressivem Hohn reagieren, der aber nach Pücklers Erklärung, dass ihr, *»wenn sie sich unterstände, dem Staatskanzler das Leben schwer zu machen, sie unerlässlich die Pension verlieren würde«*, schließlich doch einem ruhigen Nachdenken über ihre rechtlose Lage wich. Da sie sich aber nicht dazu bereitfinden konnte, mit der Kimsky *»unter einem Dach zu wohnen«*, und ihr Mann ihr ein standesgemäß eingerichtetes Haus und eine Rente versprochen hatte, willigte sie schließlich in die »*stillschweigende Trennung*« ein. Ihre Bitte, in Berlin oder Potsdam wohnen zu dürfen, wurde von Hardenberg abgeschlagen, und sogar ihr Wunsch, ihre persönliche Habe aus Glienicke selbst abholen zu dürfen, wurde ihr nicht erfüllt. Sie sollte in Dresden bleiben und Dritten gegenüber nie von einer Scheidung oder einer Trennung von Tisch und Bett reden, sondern nur von einem »*temporairen Ortswechsel*«, der ihr aus Gesundheitsgründen verordnet sei.

Dass diese Härte, die Hardenberg hier seiner Frau gegenüber zeigte, ihm von Friederike von Kimsky verordnet wurde, legt ein Brief von ihr nahe, den sie in diesen aufregenden Tagen an Pückler schrieb. Das eilig verfertigte Schreiben mit Verbesserungen und Streichungen, das Ludmilla Assing in ihre Ausgabe des Pückler'schen Briefwechsels nicht mit aufnahm, lautet so:

»So eben, gnädigster Herr Graf, kommen wir, die Frau Gräfin [Pückler] *und ich, von dem Fürsten, der uns den von ihm selbst aufgesetzten Contract und seine beiden Briefe an Sie mittheilte – in welche Stimmung uns dies versetzte, werden Sie am besten beurtheilen, wenn Sie mit diesen Stücken bekannt sein werden. Wir haben alles erschöpft, um dem Fürsten zu zeigen, wie unzweckmäßig es uns erscheint, dass er in dem Contrakt die Willkühr einer Wiedervereinigung so ganz ausspricht – er beruft sich auf dem* [!] *Gesetz und sein Gefühl. Beides mache diese Form nöthig, und das Gesetz verbiete sogar eine andere, ebenso mit dem vaguen*

Ausdruck der Abholung ihrer Sachen, dies muss sich doch wohl nothwendig nur auf Kleidungsstücke und Leibwäsche beschränken, wenn sie entweder ein Capital oder ein eingerichtetes Haus bekömmt. Da wir nun den Fürsten nicht haben bewegen können, dies in seinem Contract abzuändern, so bleibt uns nichts übrig als Sie zu beschwören, doch diese Sachen zum Vortheil des Fürsten fortzulassen, den Brief gar nicht zu zeigen und den Contract erst von den Rechtsgelehrten abfassen zu lassen, den eigenständigen des Fürsten nur den Juristen als Basis vorzulegen und die Fürstin nur mit dem bekannt zu machen, den der Jurist abgefasst haben wird.

Sie haben schon viel mehr in der Sache gewonnen durch das, wozu sich die Fürstin verstand – und unserer Ansicht nach vergiebt der Fürst sich benahe alles durch die Anlagen. (Ist übertrieben)

Lassen Sie die Fürstin nur um Gottes Willen nicht nach Glienicke kommen, bewegen Sie sie wo möglich, ein Capital von 10 bis 1200 Thalern [Randbemerkung: Will der Vater gar nicht] *statt eines Hauses mit Meublement anzunehmen und mit K.*[oreff] *eine Reise nach Italien zu machen.* [Der folgende Satz ist ausgestrichen:] *Sagen Sie ihr allenfalls, sie risquire, dass der Fürst, wenn sie nicht in alles einginge, die ihr ausgesetzten 4000 Th. aus dem Testament nehme. Kurz, bieten Sie gnädigster Herr Graf, doch nur alles auf, um die Puncte ganz zum Vortheil des Fürsten zu stellen,* [folgende vier Worte ausgestrichen:] *der sich alles vergiebt.*

Ihre selten bewunderungswürdige Klugheit ist die einzige Hoffnung, die wir haben. Sie werden gewiss al-

les zu Stande bringen, [die Fortsetzung des Satzes ausgestrichen:] *und zwar so, dass die Sache für immer abgetan ist.*

Kommen Sie nur so bald Sie irgend können sicher zurück. Wir alle sehnen uns unaussprechlich danach, und genehmigen Sie die Versicherung meiner innigsten Verehrung und dankbarsten Ergebenheit Ihre in großer, großer Eil ganz ergebene F. Kimsky«

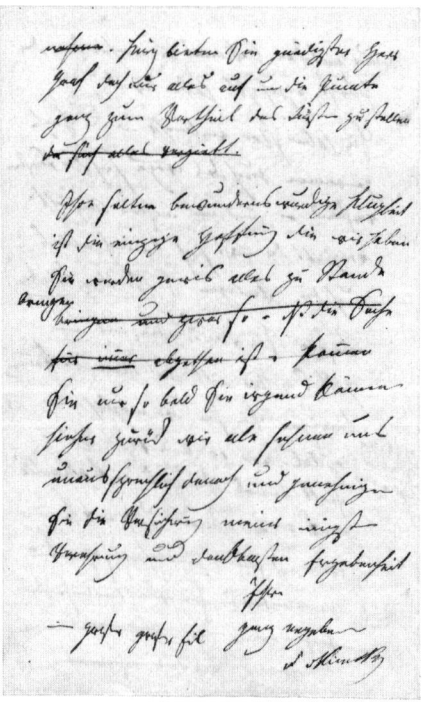

Abb. 9: Schluss eines undatierten Briefes von Friederike von Kimsky an Pückler

Nachdem Pückler das von Hardenberg entworfene Abkommen, ganz wie Frau von Kimsky es gewünscht hatte, von einem Fachmann juristisch einwandfrei hatte formulieren lassen, konnte er im Oktober 1821 dem *»Geliebtesten Vater«* melden, dass er alles seinen Wünschen gemäß beendet habe, worauf Hardenberg ihm ungewöhnlich herzlich dankte und seinen Brief mit den Worten *»Ich umarme Dich von ganzer Seele«* enden ließ.

Da Pückler neben diesen Liebesdiensten auch die Parkanlagen in Neuhardenberg zur Zufriedenheit des Staatskanzlers neu gestaltet hatte, fühlte dieser sich nun auch verpflichtet, für den Schwiegersohn etwas zu tun. Dessen bevorzugte Berufung zum Diplomaten war von ihm abgelehnt worden, weil er sich nicht dem Vorwurf der Vetternwirtschaft ausgesetzt sehen wollte, die Standeserhebung zum Fürsten aber war nicht seine Sache, dazu war allein der König befugt. Er konnte diesem nur den Vorschlag dazu unterbreiten, den er mit der Notwendigkeit einer Entschädigungsleistung für den Verlust von Standesherrenrechten begründete, den Pückler 1815 erlitten hatte, als er Preuße geworden war. Da Hardenberg, der den König und seine Launen gut kannte, mit seiner Bitte eine günstige Gelegenheit abwarten musste, zögerte sich die Erfüllung dieses Pückler'schen Wunsches noch etwas hinaus.

Erst im Juni 1822 konnte Pückler das ersehnte Fürstendiplom in Händen halten und sich in Briefen an seine Lucie Gedanken darüber machen, wie die

Nachricht von seiner Standeserhöhung bekannt zu machen sei. Lucie wurde von ihm angewiesen, das Fürstendiplom in Muskau und Umgebung überall herumzuzeigen und die Fürstenkrone auf der Livree der Dienerschaft anbringen zu lassen, während die Veränderung des Wappens in *»allen Farben des Regenbogens«* seine Aufgabe war. Nicht weniger wichtig waren seinem kindlichen Gemüt die Farben der neu anzuschaffenden Wagen, die braune Pferde benötigten, wenn sie in Gelb gehalten waren, während ihm für die blauen Equipagen ein Schimmelgespann passender schien.

Kummer machte ihm allerdings, dass seine Standeserhöhung vielfach Unwillen erregte und dieser auch in einem Zeitschriftenartikel benannt worden war. Seine Erhebung, so gab er den Inhalt des Artikels seiner Lucie wieder, habe in Berlin *»ein missfälliges Aufsehen«* erregt. Die *»allgemeine Meinung«* sei, dass nicht der König das veranlasst habe, sondern *»der Nepotismus des Kanzlers«*. *»Wie aber der Kanzler sich dazu habe hergeben können, begreife man nicht. Nur drei Personen habe der König in den Fürstenstand erhoben, Blücher, Hardenberg und mich, ein Kleeblatt, das nicht recht gut passen wolle. Von den Vorfahren des Königs sei man dergleichen Günstlingswirtschaft nicht gewohnt. Mich kenne man übrigens durch nichts als durch einen übertriebenen Aufwand, manche Sonderbarkeiten und die Härte, mit der ich meine sonst leibeignen Unterthanen behandelt habe, wofür mir nun das Fürstenpatent verliehen sei.«*

10. DAS FRITZCHEN

Da Pückler bei seinem Bemühen, den Schwiegervater für sich zu gewinnen, auch seine Talente als Gartengestalter einsetzte, musste er sich häufiger in Glienicke und Neuhardenberg aufhalten, wo nach der Entfernung der Fürstin Charlotte die Kimsky den Haushalt führte und sich mit ihm gut verstand. Von einer *»recht ehrlichen, guten Seele, die mir sehr wohl will«*, kann man in seinen Briefen an Lucie lesen und auch von einem häuslichen und friedlichen Zusammenleben mit der *»guten Kimsky«*, die dem oft kranken Staatskanzler als Pflegerin unentbehrlich sei.

Von den Freuden des häuslichen Zusammenlebens in Glienicke und Neuhardenberg ist auch in neun kurzen und längeren Briefen Pücklers an Frau von Kimsky die Rede, die von ihm geschrieben wurden, als sie ihrer kranken Mutter wegen nach Neubrandenburg gefahren war. Nicht nur, dass Hardenberg sich ohne sie, die er sein Fritzchen nannte, unglücklich fühlte, kann man aus ihnen erfahren, sondern auch etwas über Pücklers Verhältnis zu ihr. Dieses war von ihm aus reiner Berechnung begonnen wor-

Die Somnambule oder Des Staatskanzlers Tod

*Abb. 10: Schloss Neuhardenberg. Lithographie
aus dem Werk von Alexander Duncker*

den, hatte sich aber, wie diese Briefe vermuten lassen, in ein wirklich freundschaftliches gewandelt – es sei denn, er sei auch brieflich ein perfekter Heuchler gewesen, was sich aus späteren unfreundlichen Äußerungen über sie schließen lässt. Freilich ist auch nicht auszuschließen, dass auch sie in ihrer Gefühlsbekundung voller Berechnung war.

Seine Briefe an sie, deren Anreden »*Liebe, beste Freundin*« oder auch »*Liebes Herzens-Fritzchen*« lauten und die er mit »*H. P.*«, »*Ihr treuer Pückler*« oder »*Ihr liebender Verehrer H. P.*« unterzeichnet, sind so gekonnt plaudernd geschrieben wie die Hunderte von Liebesbriefen, die er seiner Lucie zukommen ließ. Sie wirken ehrlich und aufrichtig, und auch ein Anflug

Das Fritzchen

der ihm immer eignenden erotischen Komponente fehlt ihnen nicht. Sie zeigen das Bild einer Friederike, die, ohne Politisches auch nur zu berühren, den Staatskanzler im privaten Bereich durch Liebe und Fürsorge von sich abhängig gemacht hat. Sie sei, schreibt ihr Pückler, »*die Seele des häuslichen Kreises*«, in dem der »*Papa*«, wie Hardenberg von beiden genannt wird, ohne sie immer traurig werde und sich nach »*seinem Fritzchen schmachtend sehne*«, wenn die elf Stunden, die er über Akten zu verbringen pflege, vorüber sind.

»*Übrigens*«, heißt es dann weiter, »*sehe ich den guten Vater wenig. Früh stehe ich spät auf, wie Sie wissen, und um 12 Uhr sage ich ihm gewöhnlich guten Morgen, finde ihn arbeitend und muss daher bald wieder gehen. ... Bei Tisch ist die beste Zeit für ihn, wo ich meine Pflicht gewiss treulich erfülle. Nach Tisch warte ich gewöhnlich sein Schläfchen ab und bin dann bei seinem Aufwachen, wo ich mich auch zu ihm setze und wohl eine halbe Stunde mit ihm plaudere. Ist etwas anzubringen, so ist das wohl die beste Zeit dazu. Dann arbeitet er wieder, und ich gehe in Gesellschaft. Wenn ich wiederkomme, ist er gewöhnlich schon zu Bett, sonst sage ich ihm noch eine kurze gute Nacht, und so ist der Tag aus. Von Geschäften und seiner politischen Lage spricht er nie, und spiele ich darauf an, so weicht er aus, also dränge ich mich nicht auf. Gott gebe, dass er nie in dieser Hinsicht einen Rath brauchen möge! Wie viel mehr Erholung hat also der gute Vater, wenn Sie hier sind, ich bin ihm, wie Sie sehen allein ganz ohne Nutzen, wohl aber diene ich zu einer vielleicht nicht unangenehmen Variation, wenn Sie das Thema sind. Also, bestes Thema, machen Sie sich auf, ich bitte Sie herzlich darum, gehen Sie später, wenn es sein muss, wieder eine Weile zu Ihrer kranken Mutter, aber lassen Sie uns nicht länger allein!«*

Ein anderer Brief vergleicht die Sehnsucht des von der Politik zermürbten Staatskanzlers nach seinem Fritzchen mit einem aus seinem Element gerissenen, nach Luft schnappenden Fisch, und wieder ein anderer Brief schließt mit den Sätzen: *»Vom alten Römer Cato erzählt man, dass er jede seiner Reden im Senat, wessen Inhalt sie auch waren, mit der Phrase geendigt habe: Übrigens glaube ich, dass Carthago zerstört werden muss. So werde ich von nun an jeden Brief an Sie, liebe Freundin, schließen: Übrigens glaube ich, dass Sie schnell zurückkehren müssen.«*

Er scheut sich aber auch nicht, von seiner eignen Sehnsucht nach ihr zu reden und von den *»zehn Küssen, die Sie Papa geben«*, mindestens einen für sich zu verlangen. Eine Antwort auf diese Forderung enthalten die vier Briefe, die von ihr nur erhalten blieben, leider nicht.

Ihr erster Brief vom Oktober 1821, in dem die Schreiberin sich als *»Organ«* des Staatskanzlers bezeichnet und sich dazu befähigt glaubt, eine Verstimmung zwischen Schwiegervater und -sohn beilegen zu können, ist noch recht sachlich gehalten und mit *»Ihre ganz ergebene F. Kimsky«* unterzeichnet, die späteren Briefe dagegen sind liebevoller gehalten und ahmen Pücklers anmutigen, leicht ironischen Briefstil nicht immer ungekonnt nach. In witzig sein sollenden Wendungen wird da ihre Herrschaft über Hardenbergs »*drei Feder- und Servierreiche*« (in Berlin, Glienicke und Neuhardenberg) hervorgehoben und auf gemeinsam Erlebtes wie Ausritte und Schießübungen angespielt. Ihre Berichte von Krankheiten des Kanzlers sind vor allem dazu bestimmt, ihre Samariterrolle zu unterstreichen, lassen aber auch ihren Stolz auf ihre Vertrautheit mit Pückler spüren, die besonders in Anreden wie »*holder, guter edler Pückler-Pücklerino*« oder in der Bitte, sie doch auch »*in weiter Entfernung ein wenig lieb*« zu haben, zum Ausdruck kommt. Unterzeichnet sind diese Briefe nicht mit ihrem Namen, sondern mit dem ihr von Pückler wohl gegebenen Neck- oder Kosenamen: »*Huckkukkuk*«.

Ihr letztes uns erhaltenes Schreiben an Pückler, das, den kokettierenden Ton beibehaltend, von ihrer geplanten Reise nach Verona berichtet, wird von ihr mit der Hoffnung geschlossen, ihn nach ihrer Heimkehr als ihren »*aufrichtig treuen Verbündeten wiederfinden zu können*« – doch traf dieser am 19. Oktober 1822 geschriebene Brief auf einen Empfänger, dessen Neigung, mit ihr zu flirten, falls sie tatsächlich jemals bestanden hatte, schon einige Wochen zuvor gänzlich erloschen war.

Im August nämlich hatte Pückler mit Hardenberg und den Kimskys zusammen eine Badereise nach Pyrmont unternommen, während der ihm seine Sympathien für die Kimsky völlig abhandengekommen waren, was ihn aber nicht daran gehindert hatte, sie mit dem Geschenk eines kostbaren Pariser Kleides zu erfreuen. *»Sie scheint es zwar gut mit mir zu meinen, soweit sie dessen für andere fähig ist«*, schreibt er an Lucie, *»aber ihre Gemeinheit scheint doch für jederman unerträglich, jederman schämt sich ihrer Gesellschaft, nur Dein erlauchter Vater nicht!!! Sie nimmt im Wagen den Platz neben Papa ein, und ihre Kammerzofe sitzt gegenüber. Der vierte Platz soll unter mir, Herrn von Kimsky und* [dem neuen Leibarzt Doktor] *Rust abwechseln. Ich habe aber keinen Gebrauch mehr davon gemacht. Über ihr Betragen in Gasthöfen und über die Tyrannei, welche über den Alten ausgeübt wird, lass mich schweigen, Du kennst dies! ... Seit Goslar sind wir geritten, ... damit die Kimsky ihr neues Reitkleid produzieren konnte. In diesem Amazonenaufzug ist sie auch in* [Alt-]*Hardenberg angekommen, wo sie Deine Zimmer bewohnt, aber glücklicherweise heute früh ... eine Exkursion nach Kassel gemacht hat, von der sie erst morgen Abend zurückkommt.«* Ihrer Krämpfe wegen, heißt es weiter, sei sie allerdings zu bedauern, *»aber wahr ist es auch, dass die Krankheit bei ihr charakteristisch und ihrem ganzen Wesen anpassend erscheint. Wie wird das auf dem Kongress* [in Verona] *werden?«* Und im nächsten Brief aus Pyrmont heißt es: *»Dein Vater liebt nichts als die Kimsky. Alle anderen sind ihm gleichgültig.«*

11. ITALIENREISE

Der Kongress von Verona, für den sich Frau von Kimsky im August schon gerüstet hatte, tagte, von vielen Lustbarkeiten unterbrochen, von Oktober bis Dezember 1822. Er war das vierte und letzte Zusammentreffen der auf dem Wiener Kongress geschlossenen Heiligen Allianz. Wie auf den vorausgegangenen Kongressen von Aachen, Troppau und Laibach wurde auch hier versucht, die restaurative Friedensordnung Europas zu sichern, die durch nationalrevolutionäre Bewegungen gefährdet war. In Verona zeigten die beteiligten Großmächte deutlich, dass sie ihr Eigeninteresse über das des Bündnisses stellten, so dass weder über die Probleme mit den nationalen Bewegungen in Italien und Spanien noch über den Befreiungskampf der Griechen und die Unabhängigkeitsbestrebungen der spanischen Kolonien in Südamerika eine Einigung zu erzielen war. Da England nach dem Kongress das Bündnis verließ und Russland unverhüllt nur nationale Ziele verfolgte, ging das von Metternich geschaffene System in Verona eigentlich schon zugrunde, obwohl es formal noch weiterbestand.

Preußen, das an den Hauptproblemen des Kongresses wenig Anteil hatte und die schwächste der beteiligten Großmächte darstellte, spielte in den Verhandlungen nur eine untergeordnete Rolle. Es schloss sich, wie Friedrich Wilhelm III. es wollte, ganz dem Kurs Metternichs an.

Hardenbergs Abreise nach Verona war auf den 22. September festgelegt worden. Die Tage davor waren noch turbulent gewesen, weil er mehrere Unterredungen mit dem König und dem Kronprinzen hatte führen müssen und ihm der Reformgegner Otto von Voss-Buch, der sich bereits im Ruhestand befunden hatte, als Vizepräsident des Staatsministeriums an die Seite gesetzt worden war. Diese Stellenbesetzung, deren Zweck vielleicht gewesen war, ihm die eigne Machtlosigkeit vor Augen zu führen, hatte einen Asthmaanfall zur Folge, der ihn die Reise aufschieben ließ. Erst am Abend des 23. konnte er abfahren, und da der Kutscher in der Dunkelheit den richtigen Weg verfehlte, traf er erst um 1 Uhr nachts in Tempelberg ein. Die nächste Station war Carolath in Niederschlesien, wo er die Taufe seiner ersten Urenkelin miterlebte und tags darauf weiter nach Breslau fuhr. Am 30. erreichte er Wien und blieb dort fünf Tage, in denen er schon erste Begegnungen mit Metternich, Wellington und dem russischen Zaren hatte, bevor es am 4. Oktober weiter nach Süden ging. In Venedig wurden mehrere Leute seines Gefolges, weil sie den Klimawechsel und die ungewohnte Ernährung nicht vertrugen, von einer Durchfallkrankheit ergriffen, die ihn aber verschonte, so dass er Zeit für eine Stadtbesichtigung fand. In Vicenza hatte er die Freude, Briefe aus Berlin vorzufinden, unter denen sicher auch einer von seinem Fritzchen war.

Denn der Frau von Kimsky, die sich schon sehr auf Italien gefreut hatte, war die Mitreise verweigert worden, aus welchem Grund, ist nicht ganz klar. Die Auskünfte, die die Briefe und Tagebücher darüber geben, sind widersprüchlich und allesamt fragwürdig. In einem schon vor der Reise geschriebenen Brief Hardenbergs an Pückler ist zu lesen, dass er die Kimskys nicht mitnehmen könne, weil er sie »*auf keinen Fall auf Königliche Kosten reisen lassen dürfe*«, doch wurde das von ihm vermutlich nur geschrieben, um dem Schwiegersohn deutlich zu machen, dass dessen Mitreise, um die er gebeten hatte, nicht möglich sei.

Friederike von Kimsky dagegen schrieb am 19. Oktober an Pückler, dass der »*Papa*« sie brieflich gebeten habe, ihm schnell nachzureisen, sie aber noch aufgehalten werde durch »*Haushaltssachen*« und eine ihr bevorstehende »*sehr böse Zahnoperation*«. Doktor Rust wiederum behauptete später in einem Brief an Hardenbergs Tochter, dass das Zurückbleiben der Kimsky allein sein Verdienst gewesen sei. Als er zum Reisebegleiter des Staatskanzlers erwählt wurde, habe er diesem zu verstehen gegeben, dass er nach den bösen Erfahrungen, die er mit der Kimsky in Pyrmont habe machen müssen, die Sorge um des Staatskanzlers Gesundheit nur übernehmen könne, wenn die Kimsky zu Hause bleibe. Der Staatskanzler habe ihm darauf zwar nicht geantwortet, sei dann aber ohne sie gereist.

Eine weitere Version ist bei Varnhagen zu finden, die aber, wie bei ihm nicht selten, aus der Gerüchteküche der Berliner besseren Gesellschaft stammt. *»Von mehreren Personen des Hofes«*, so schrieb er am 19. Oktober in seine »Tageblätter«, *»war ziemlich laut davon gesprochen worden, dass der Kanzler doch nicht die Dreistigkeit haben würde, Frau von Kimsky mit nach Verona zu nehmen, dass der König diese Person dort nur mit Widerwillen erblicken könnte, dass es unanständig vor den Fremden erscheinen müsste etc. Rust und Rother* [Präsident der Staatsbank], *dadurch besorgt gemacht, unternahmen es, dem Kanzler die Sache vorzustellen und in ihn zu dringen, Frau von Kimsky hier zu lassen. Es wurde eine ordentliche Unterhandlung daraus, doch gab der Kanzler endlich nach und wollte, wiewohl ungern, ohne jene Dame reisen.«*

Welche Gründe aber auch immer die ausschlaggebenden für das Zurückbleiben der Kimsky waren, Tatsache ist, dass Hardenberg ohne sie reiste, sie dann aber schon von Wien aus in Briefen um ihr Nachkommen bat. Diese Darstellung der Kimsky wird von Rust auch bestätigt, während aber Varnhagen gehört hatte, dass Fürst Wittgenstein, der Vertraute des Königs und Hardenbergs politischer Gegner, die Nachreise der Frau von Kimsky veranlasst habe, weil angeblich *»ihre Pflege dem guten Alten unentbehrlich sei«*.

Hardenberg, der Verona am 15. Oktober erreichte

*Abb. 11: Dr. Rust, letzter Leibarzt des Staatskanzlers.
Künstler unbekannt*

und in den nächsten Tagen mit Friedrich Wilhelm III., mit Metternich und den Kaisern von Österreich und Russland Gespräche führte, wartete nun sehnsüchtig auf seine Geliebte, die ihre Abreise mehrmals verzögerte, den Wartenden aber mit Briefen tröstete, die nach Doktor Rust, der sie angeblich mitlesen durfte, mit ihren ständigen Versicherungen, dass sie ohne Hardenberg nicht leben könne, denen glichen, die »*eine Buhldirne*« an einen »*verliebten Jüngling*« schreibt.

In Hardenbergs Tagebuch, dessen Stichworte neben den Verhandlungen und Diners mit Politikern und Potentaten, Spazierfahrten, Bällen und Opernaufführungen auch eine ihn quälende »*Diarrhee*«, also Durchfall, vermelden, ist erst am 2. November die Notiz darüber zu lesen, dass das Ehepaar Kimsky am 29. Oktober von Berlin abgereist sei. Während der König und sein großes Gefolge von Ministern und höheren Beamten, die möglichst viel von Italien sehen wollten, Verona bereits verlassen hatten, um Rom zu besichtigen, den dort ständig lebenden Prinzen Heinrich, einen Bruder des Königs, zu treffen und vom Papst empfangen zu werden, hatte der Staatskanzler in Verona noch Gespräche mit mehr oder weniger bedeutenden Staatsmännern und Souveränen zu führen und auf die Ankunft Frau von Kimskys zu warten, die nach Doktor Rusts Meinung Hardenbergs Unglück war.

Als der Staatskanzler am Abend des 9. November 1822 nach seiner Gewohnheit die Ereignisse des Tages in Stichworten auf Französisch notierte, wurde zuletzt von ihm auch die Ankunft Friederike von Kimskys erwähnt.

Seine lebenslang geführten Tagebücher, die erst in unseren Tagen veröffentlicht werden konnten und im Druck mehr als tausend Seiten füllen, schließen mit dieser Notiz über Friederike ab.

12. TODESNACHRICHT

Seiner ausgeprägten musikalischen Talente wegen war dem Grafen Friedrich Wilhelm von Redern nicht nur, wie für Adlige selbstverständlich, Unterricht im Französischen erteilt worden, sondern er hatte in der Jugend auch Italienisch gelernt. Als er sich nun, obwohl erst zwanzigjährig, an der Reise zum Veroneser Kongress hatte beteiligen dürfen, war ihm die Kenntnis der Landessprache zugutegekommen, weil er sie zum persönlichen Nutzen des Königs einsetzen konnte, was seine spätere Karriere gefördert hat.

Er war 1802 an einem der prominentesten Standorte Berlins zur Welt gekommen, an der südöstlichen Ecke des Pariser Platzes nämlich, wo die Straße Unter den Linden in diesen mündet und heute das 1906 erbaute Hotel Adlon auf Gäste wartet, die reich oder prominent genug sind. Zur Zeit unserer Erzählung stand an dieser Stelle ein barockes Gebäude, das noch den Namen seines Erbauers, eines Grafen Kameke, führte, obwohl es schon 1798 vom Hofmarschall der Gattin des Rheinsberger Prinzen Heinrich, einem Grafen von Redern, gekauft worden war.

Dessen ältester Sohn war der sprachkundige Friedrich Wilhelm, der 1822 im Gefolge seines gleichnamigen Königs auf eigne Kosten mit nach Italien reiste und später fünfzig Jahre lang als Königlicher Generalintendant für das Musik- und Theaterleben Berlins zuständig war. Auch als Komponist war er tätig, und 1830 beauftragte er Karl Friedrich Schinkel mit dem Umbau seines Hauses, das dann als Palais Redern zu einer Sehenswürdigkeit der Stadt wurde, bis Kaiser Wilhelm II. das denkmalgeschützte Gebäude zugunsten des Hotelbaus abreißen ließ.

In unsere Liebesgeschichte gehört dieser Graf Redern seiner um 1880 entstandenen Memoiren wegen, die aber nicht von ihm selbst geschrieben sind. Für seinen Kunstgeschmack spricht, dass er sie gern von Theodor Fontane hätte schreiben lassen, doch dieser, der zwar das Schinkel'sche Palais Redern als das *»schönste in ganz Berlin«* bezeichnete, aber *»im Verkehr mit Hof und Hofleuten immer ein Haar gefunden«* hatte, lehnte das Angebot ab. An seine Stelle trat Georg Horn, ein Schriftsteller und Hofberichterstatter, der unter Verwendung von Briefen und alten Notizen aus den Erinnerungen des Grafen ein Buch machte, das zwar viele interessante Einzelheiten bietet, dem Leser aber seiner Formlosigkeit wegen viel Geduld abverlangt. Es sollte nach dem Tode des Grafen vom Verlag Cotta ediert werden, doch wurde das durch Einspruch der gräflichen Familie und der Kaiserlichen Zensurbehörde verhindert, so dass es erst in unsern Tagen sachgerecht kommentiert erschien.

Durch die enge Bindung seines Vaters an die Königliche Familie war Graf Redern in ein Hofamt sozusagen schon hineingeboren worden, und er hat es dann unter drei Königen in unerschütterlicher Treue zu diesen auch ausgeübt. Welcher Art sein Hofamt sein würde, entschied sich schon auf der Italienreise. Denn auf dieser wollte der König von seiner Gewohnheit, möglichst jeden Abend Oper, Schauspiel oder Konzert zu genießen, nicht lassen, und dazu brauchte er den sprachkundigen jungen Grafen, der sich am Tage in den Theatern die Rollenbücher besorgte, um am Abend dem König den Inhalt der Stücke erklären zu können, worauf dieser seine Dankbarkeit in dem Satz ausdrückte: »*Nun weiß man doch, was man zu sehen kriegt*«.

Im Gegensatz zu dem jungen Grafen, den die vielen hervorragenden Kunstwerke begeisterten und in seinem Kunstgeschmack prägten, war der König von Italien wenig erbaut. Zwar ließ er sich die historischen und künstlerischen Sehenswürdigkeiten von Alexander von Humboldt und dem Historiker Niebuhr erläutern, brach aber ab, wenn diese zu ausführlich wurden, denn die Italiensehnsucht seiner deutschen Zeitgenossen teilte er nicht. Das Buch eines Offiziers namens Gustav Nikolai, das den Titel führte: »Italien wie es wirklich ist: Bericht über eine merkwürdige Reise in den hesperischen Gefilden; als Warnungsstimme für alle, welche sich dahin sehnen«, und in dem, wie Redern meint, besonders ausführlich die italienischen Flöhe behandelt werden, war dem

König im Jahre 1835 die Auszeichnung mit der Goldmedaille für Künste und Wissenschaften wert.

Dem Staatskanzler war der junge Graf vor der Reise anscheinend nie begegnet, und in Italien sah er ihn zwar manchmal, lernte ihn aber nicht näher kennen, weil Hardenberg auf anderen Routen reiste und die Geselligkeiten der gekrönten Häupter und ihrer Trabanten möglichst mied. Da von den Leuten, die den Kanzler umgaben, nur wenige bei Hofe verkehren durften, waren auch sie dem Grafen fremd geblieben, und wenn er über sie urteilte, hörte man immer die Meinung des Hofes heraus. Hardenberg und seine Leute wurden vom König und der Hofpartei immer verdächtigt, den Freiheitsgeist von 1813 konservieren zu wollen, den man im Kriege ausgenutzt hatte, in den Jahren der Restauration aber für gefährlich hielt. Sogar auf Graf Rederns Interessengebiet, der Musik, kam diese Haltung zum Beispiel dadurch zum Ausdruck, dass der König es ablehnte, Carl Maria von Weber an die Spitze des Hoforchesters zu setzen, weil dieser der Komponist von »Lützows wilder verwegener Jagd« und anderer Lieder Theodor Körners gewesen war.

In Rederns Erinnerungen an die Italienreise ist also vom Staatskanzler nur wenig die Rede, und wenn doch, nur in abfälligem Ton. Für unsere Erzählung aber ist das wenige schon deshalb wichtig, weil Graf Redern als einziger Zeitgenosse eine Bemerkung über das Aussehen der Friederike von Kimsky macht. Wenn er erwähnt, dass der Staatskanzler die Salons, in denen die Kaiser und Könige verkehrten, kaum besuchte, weil er »*mit Frau von Kimsky seine Abende zu verbringen pflegte*«, nennt er sie des Kanzlers »*Gunstdame*«, die »*von imposanter Gestalt und frischer Üppigkeit des Leibes*« gewesen sei. Auch bemängelt er an ihr und dem Kanzler ein außergewöhnliches Luxusbedürfnis. In Innsbruck habe sie einen »*bedeutenden Gasthof*« ganz für sich allein beansprucht, und die Wohnung, in der sie in Verona mit dem Kanzler lebte, habe »*1400 Frcs. Miete*« gekostet, die Wohnung des Königs dagegen nur halb so viel.

Auch in Gesprächen, deren Zeuge Redern wurde, drückte sich oft die Abneigung des Hofadels gegen den Reformkanzler aus. So hörte er zum Beispiel eine Erzählung darüber, wie die Aristokraten des Hofes eine vom Staatskanzler ausgearbeitete neue Kommunalordnung, die den Rittergutsbesitzern die Polizeigewalt entziehen sollte, dem König erst vorlegten, nachdem sie ihn mit einem Gegenvorschlag schon vom Gegenteil überzeugt hatten, so dass der König das Papier des Staatskanzlers wortlos verwarf.

Nach Hardenbergs Tod konnte er ein Gespräch des Fürsten Hatzfeld mit dem König hören, in dem der Fürst sagte: »*Der Kanzler hatte ein großes Unglück. Wenn er f – n wollte, nahm er nur H – n*«, worauf der sittenstrenge König, der dergleichen Reden nicht mochte, verärgert fragte, wie er das meine, und Hatzfeld sagte: »*Der Kanzler suchte seine Organe* [gemeint sind Mitarbeiter] *stets unter Roturiers* [Nichtadligen] *und umgab sich auch mit solchen Leuten zu seinem*

Umgang«, worauf der König zwar nicht widersprechen wollte, aber doch daran erinnerte, dass der Mann *»ooch seine Meriten«* gehabt habe, *»besonders zu gewissen Epochen«*, mit denen natürlich die in den Befreiungskrieg mündende Reformzeit gemeint war.

Als dem König in Gegenwart Rederns die Nachricht von Hardenbergs Tod überbracht wurde, fragte er gleichgültig: *»Hat er lange gelitten? Woran ist er eigentlich gestorben?«*, und setzte sein unterbrochenes Gespräch ruhig fort. Fürst Wittgenstein, der einflussreiche Chef des Königlichen Hausministeriums, der das auch gehört hatte, sagte darauf zu Alexander von Humboldt: *»Ja, sehen Sie, lieber Herr von Humboldt, das geht uns allen so. Wenn der König einst hören wird, der Wittgenstein ist tot, so wird er am ersten Tage, wenn ich um 1 Uhr 15 nicht zu ihm komme, wohl von mir sprechen und mich vermissen, dann aber ruhig zu Mittag speisen, abends ins Theater fahren, und am andern Tag hat Wittgenstein gar nicht gelebt. Das muss einen nicht wundern. Das liegt so in den Verhältnissen.«*

Von vielen anderen aber hatte Redern vorher schon oft sagen hören: *»Der Kanzler hat sich überlebt.«*

13. TODESARTEN

Hardenbergs neuer Leibarzt Doktor Rust, der später zum Leibarzt des Kronprinzen und zum Leiter der Charité avancieren sollte und vor allem durch sein »Theoretisch-praktisches Handbuch der Chirurgie« in 17 Bänden für die Geschichte der Medizin eine Bedeutung hatte, glaubte sich für den Tod des Staatskanzlers vor der Familie rechtfertigen zu müssen, weil er auf der Reise für die Gesundheit des Zweiundsiebzigjährigen verantwortlich gewesen war. Da sich aber auch Friederike von Kimsky an der Reise beteiligt und den Tod des Staatskanzlers in Genua miterlebt hatte, konnte er sie nicht nur mitverantwortlich machen, sondern sie auch mit der Hauptschuld beladen, was ihres schlechten Rufs wegen glaubhaft schien. Rusts Brief vom 2. Dezember 1822, den er von Verona aus an Hardenbergs Tochter, Lucie von Pückler, richtete, ist der einzige Augenzeugenbericht vom Sterben des Kanzlers, auf dem alle später verbreiteten Versionen des Vorfalls beruhen. Nach Rusts Meinung hätte der Kanzler ohne die Kimsky die Italienfahrt überlebt.

Da Doktor Rust schon in Pyrmont hatte erfahren müssen, dass die Gegenwart der Kimsky die Gesundheit des Kanzlers schädigte, hatte er nach eigner Aussage immer gegen die Mitreise der Kimsky gestimmt. Die Richtigkeit seiner Vermutung bestätigte sich auf dem ersten Teil der Reise, auf dem nämlich fast das ganze Gefolge des Kanzlers durch das ungewohnte Klima und die fremde Ernährungsweise erkrankte, der Kanzler selbst sich aber bester Gesundheit erfreute, bis die Briefe der Kimsky ihm ihre baldige Ankunft ankündigten, auf die sie ihn dann aber noch vier Wochen warten ließ.

Erst mit dem Eintreffen des Ehepaars Kimsky, das ständigen Streit miteinander hatte und zum Ärger der Dienerschaft hohe Ansprüche stellte, begann die Unruhe, die nicht nur den Kanzler, sondern auch die Reisegesellschaft ergriff. Schon am zweiten Tag kam es zwischen der Kimsky und dem Kanzler zu »*einer Eifersuchts- und darauf folgenden Krampf-Szene*«, die Hardenberg so erregte, dass er aus Besorgnis um die Gesundheit der Geliebten »*an Händen und Füßen wie eine Espe zitterte*«. Jetzt, so berichtete Rust weiter, richteten sich die Abfahrts- und Ankunftszeiten, die Ausflüge und Spaziergänge nicht mehr nach den ärztlichen Ratschlägen, sondern nur noch nach den Launen der Kimsky, die unermüdlich Sehenswürdigkeiten aufsuchen wollte und auch bei stürmischem Wetter die Wagenfenster nicht schloss. Die Mahlzeiten wurden nun unregelmäßig eingenommen, die Ruhezeiten wurden kürzer, und der Kanzler lag nicht mehr, wie es nach Meinung des Arztes sein Alter verlangte, jeden Abend um 9 Uhr im Bett. In gesundheitlich nachteiliger Weise mussten nun Museen und Kirchen besichtigt und sogar ein Turm bestiegen werden, und in Mailand kam man nach dem Besuch des Schauspiels erst eine halbe Stunde vor Mitternacht ins Bett.

»Eine der größten Schwächen des Verewigten«, so schreibt Rust weiter, *»war es, noch immer jugendlich erscheinen zu wollen«*, und deshalb sei es leicht gewesen, *»ihn zu Unternehmungen zu verleiten, die selbst von Männern in den besten Jahren nicht ungestraft verübt werden dürfen, ihn aber hielt keine ärztliche Verordnung von solchen Bekundungen seiner Kräfte zurück«.*

»Die nachteiligen Folgen so vieler hintereinander folgender schädlichen Einwirkungen konnten nicht ausbleiben.« Am 17. November machte sich in Pavia sein Asthma bemerkbar, das am 19. in Genua so heftig wurde, dass ein plötzliches Ende durch *»Stickfluss«* zu befürchten war. Aber er erholte sich wieder, konnte sich am 25. schon selbst rasieren und setzte sich wie gewohnt an den Schreibtisch, um die von Kurieren gebrachten Depeschen durchzusehen. Den Rat seines Arztes missachtend, ließ er sogar den preußischen Konsul kommen und erteilte ihm Aufträge. Mittags um 2 Uhr aber verließen ihn plötzlich die Kräfte, sein Unterkiefer klappte nach unten, und er wurde bewusstlos. Bis nachts 11 Uhr und 5 Minuten war noch sein röchelnder Atem zu hören, dann *»hauchte er sein edles, thatenreiches Leben aus«.*

Die Somnambule oder Des Staatskanzlers Tod

Die Kimsky, so lautete das Fazit des Arztes, sei die Ursache seiner Krankheit gewesen, und in dieser habe sie ihn nur schlecht gepflegt. Statt nachts bei ihm zu wachen, habe sie sich um Mitternacht ins Bett begeben, und oft habe sie ihn mit ihren Wünschen nach weiteren Reisen belästigt, vor allem Rom wollte sie noch sehen. Auffallend sei gewesen, dass der Fürst während schlechter Krankheitsphasen ihre Zärtlichkeiten nicht habe leiden können, schon bei der geringsten Besserung aber habe er sie wieder herbeigesehnt.

Als man nach dem Tod des Kanzlers seinen persönlichen Besitz versiegelte, wurde bei der Kimsky seine Geldbörse gefunden, die er ihr angeblich gegeben habe, weil sie sich Samtkleider kaufen wollte – das jedenfalls gab sie auf Befragen zu Protokoll. Tränenreich war dann ihr Jammern und Klagen, doch habe es, nach Ansicht des Arztes, nicht der *»Person des Verblichenen«* gegolten, sondern dem *»erlittenen pekuniairen Verlust«*.

Mit den Verwünschungen, die die Dienerschaft dem abreisenden Ehepaar Kimsky nachsandte, endet der Bericht des Augenzeugen, der freilich gegen Friederike von Kimsky voreingenommen war. Das aber waren alle, die später noch über sie schrieben, so auch Varnhagen, der noch weitere Details über den sterbenden Kanzler zu wissen glaubte, die er aber nicht sicheren Quellen entnommen hatte, sondern Gesprächen im Café Kranzler oder in seinem und Rahels Salon.

Todesarten

Als die Berliner Zeitungen am 10. Dezember 1822 ihre Leser über den Tod des Staatskanzlers in Genua unterrichteten, war Varnhagen verärgert darüber, dass man die Meldung nicht an bevorzugter Stelle platziert hatte und sie *»bis zur Anstößigkeit nackt und trocken«* geschrieben war. Viele Leute, so kann man in seinen »Tageblättern« lesen, *»glauben dem Kronprinzen gefällig zu werden und den nächsten Machthabern zu schmeicheln, wenn sie des Kanzlers mit Verachtung erwähnen oder seiner wenigstens durch keine Äußerung gedenken«*. Andere Leute wiederum waren der Ansicht, dass der Kanzler noch am Leben wäre, wenn die Kimsky ihn nicht nach Italien begleitet hätte. *»Es werden vielerlei Dinge von diesem Frauenzimmer erzählt. Sie verursachte in dem Kreise des Kanzlers unaufhörliche Spannungen, Verdrüsse, leidenschaftliche Auftritte, ihm selbst Unruhe, Verstimmung, ja sogar nachtheilige körperliche Reizung; man gibt in letzterer Hinsicht allerlei Abscheuliches zu verstehen; kurz, man sieht ihre Mitreise nach Italien als Beschleunigung seines Endes an!«*

Und vier Tage später war die Kimsky noch einmal Thema der »Tagesblätter«. Da war sie in Berlin eingetroffen, und man hatte ihr das Betreten von Hardenbergs Wohnräumen verwehrt. *»Man erzählt viele arge Geschichten von ihr, wie sie den Kanzler bestohlen, gequält, genarrt habe. Sie hatte sich von ihm den Auftrag geben lassen, alles Weißzeug, Tischgedeck etc. neu anzuschaffen und kaufte für 17 000 Reichsthaler ein, das alte, noch ganz brauchbare, zum Teil noch ganz* *neue, ließ sie sich schenken. In Genua nahm ihr Herr Geheimrat Schaumann die Geldbörse des Kanzlers wieder ab, die sie sich nach dessen Tode unter dem Vorwande, er habe sie ihr noch geschenkt, zugeeignet hatte. ... So oft der Kanzler krank war, konnte er sie nicht ausstehen, wollte sie nicht an seinem Bette leiden, warf ihr zornige Blicke zu; kaum genesend, erlag er wieder dem alten Reiz.«*

Auch Pückler, der über den Tod seines Schwiegervaters vor allem deshalb trauerte, weil dieser sein Testament nicht zugunsten seiner Tochter geändert hatte, wurde über dessen Sterben in Genua durch Gerüchte unterrichtet, die die geschenkte oder gestohlene Geldbörse nie ausließen und ihr noch Staatspapiere hinzufügten, die man angeblich bei der Kimsky gefunden hat. Pücklers Sympathien für das liebe Fritzchen, die sich schon in Pyrmont abgekühlt hatten, schwanden nun gänzlich, und die liebe Gefährtin, mit der zusammen er sich um den Papa gesorgt hatte, wurde von ihm nun zum bösen Dämon gemacht.

Das Volk, schrieb er an seine »*gute alte Schnucke*«, sei gegen die Kimsky »*in hohem Grade aufgebracht*« und gebe ihr die Schuld an des Kanzler Tod. »*In Folge einer Szene, die sie Deinem armen Vater gemacht hatte, schleppte sie ihn nachher in vier Theatern an einem Abend herum, wo er sich die Verkältung und Abmattung holte, die ihm den Tod brachte. ... In Mailand, wo sich seine Krankheit angefangen, hat man ihn in einem Tage auf den Mailänder Dom 400 Stufen hoch steigen lassen und dann den Abend in sechs Theater nacheinander gehen, so dass er erst um 1 Uhr ganz erschöpft zu Haus gekommen ist. So ist die Reise fortgesetzt worden. Früh um halb 5 abgereist und ganz spät angekommen in Genua. Dort ist ausgestiegen worden und zu Fuß erst nach dem Hafen und dem Leuchtturm gegangen. Kimsky und seine Frau voraus, der Fürst allein hinterher laufend, so dass er sich schon krank und schwach von neuem erkältet hat. ... Seine Besinnung soll er bis fast zum Augenblick des Todes gehabt haben, und nachdem er den Kopf auf die Brust gesenkt, in tiefem Schweigen versunken lange gesessen (denn er ist auf dem Stuhle sitzend gestorben), habe er sich mit einemmal hoch aufgerichtet und einen so furchtbar drohenden Blick auf die Kimsky geworfen, dass ein Schauder die ganze Gesellschaft ergriffen hat und sie ohnmächtig hingesunken ist. Vielleicht hat in diesem Augenblick sein Geist zu spät die Wahrheit eingesehen! Sobald er tot war, hat sich alles voll Abscheu von diesem Paare gewendet und keine Gemeinschaft mehr mit ihm gehabt, sondern sie allein abreisen lassen. Man weiß nach dieser Erzählung kaum, was man denken soll und ob man den armen Alten nicht am Ende absichtlich hingeopfert hat. Rusts Schwäche, sich nicht besser opponiert zu haben, ist höchst tadelnswerth, aber zu entschuldigen, wenn man die Gewalt kannte, welche der feindliche Dämon über Deinen Vater und alles, was ihn umgab, ausübte.«*

Eine andere Version der Sterbeszene hat angeblich »*einer der Herren, die Hardenbergs Sterbelager umstanden*«, der Romanschreiberin Luise Mühlbach erzählt. Nach dieser »*schien in seiner Todesstunde die Liebe des Fürsten zu Friederike plötzlich erloschen zu sein. Sie wollte, als man dem Fürsten seinen unvermeidlichen Tod auf seinen Wunsch verkündet hatte, mit ausgebreiteten Armen ihn umschlingen, er aber, mit einem Ausdruck des Zornes, stieß sie zurück, hielt seine beiden Hände vor sich, sie von sich abwehrend, und schaute sie an mit einem Blick voll Hass, hielt unverwandt seine Augen auf sie geheftet, bis diese Augen erstarrten und er zurücksank in die Kissen zum letzten Todeskampf. Dieser Ausdruck voll Zorn und Drohung lag noch über seinem Angesicht, als es schon im Tode erstarrt war.*«

Da alle Berichte über den Tod des Kanzlers in die moralische Aburteilung Friederikes münden, überrascht es nicht, dass Hardenbergs unversöhnlichster politischer Gegner, der konservative Friedrich August Ludwig von der Marwitz, der als wortgewandter Vertreter des Landadels dessen Interessen schon immer gegen die Reformpolitik verteidigt hatte, die Vorgänge um den Tod des Staatskanzlers, von denen er im abgelegenen Friedersdorf Wahres und Halbwahres erfahren hatte, in seiner Autobiographie zu folgender Schmähung zusammenfasst:

Hardenbergs Italien-Reise »*war ein Skandal, wie seine ganze Lebensweise es immer gewesen war. Er hatte immer Maitressen gehabt, seit einigen Jahren aber hielt er sich eine gewisse Mllm. Hähnel, die sich kurz vor der in Rede stehenden Reise mit einem Spieler, der sich Herr von Kimsky nannte, verheiratet hatte – und diese musste ihn mit Magnetisieren, welches sie verstand, er-*

götzen. Diese Mllm. Hähnel mit ihrem Herrn von Kimsky fuhren mit dem alten Sünder vor aller Welt Augen in einem Wagen; außerdem hatte er deren noch fünf oder sechs mit seiner Dienerschaft und anderen Kreaturen und Beutelschneidern bei sich. Diese saubere Gesellschaft plünderte ihn so aus, dass, ungeachtet er über 100 000 Taler, die er vor seiner Abreise aus Staatskassen erhob, mitgenommen hatte, man dennoch bei seinem nach zwei Monaten erfolgten Tode, nichts bei ihm fand. Der König war vermutlich sehr verwundert, ihn mit einem Male hinter sich herkommen zu sehen, indessen war Hardenbergs Zeit vorbei und er konnte keinen Schaden mehr anrichten. Schon gänzlich entnervt, ist es zweifelhaft, ob er mehr durch die Reise oder durch die Manipulationen der sogenannten Frau von Kimsky heruntergebracht wurde – kurz, er konnte schon in Verona an keinem Geschäfte teilnehmen, entschloss sich daher zu einer Reise nach Süden und starb in Genua.«

Einen ähnlichen Ton findet man dann auch bei Heinrich von Treitschke, in dessen »Deutsche Geschichte des 19. Jahrhunderts« Friederike Hähnel zu einer *»abgefeimten Gaunerin«* wurde, die in den *»Künsten sanfter Plünderung«* bewandert war. Hardenbergs vergebliche Bemühungen um eine Verfassung für Preußen wusste Treitschke, im Gegensatz zu Marwitz, durchaus zu würdigen, verurteilen aber musste er die Sympathie des Kanzlers für den *»Wunderjuden«* Koreff und das *»Gelichter schlechter Literaten und Abenteurer«*, denen er seiner Gutmütigkeit wegen *»eine leichte Beute«* gewesen sei.

Hardenbergs Leichnam, den man nach Einbalsamierung in der Gruft des evangelischen Friedhofs in Genua vorläufig beigesetzt hatte, wurde erst im Oktober des nächsten Jahres nach Neuhardenberg überführt. Varnhagens Notiz vom 12. Oktober 1823 in seinen »Tageblättern« lautet: »*Die Leiche des Fürsten von Hardenberg wurde gestern mit Fackelbegleitung*

Abb. 12: Das Herz des Staatskanzlers, in der Kirche zu Neuhardenberg

durch die Stadt gebracht, um nach Neuhardenberg geführt zu werden. Der Zug war gering, die Behörden waren nicht davon benachrichtigt, und so schlossen sich nur wenige Wagen dem Gefolge an. Viele Leute ärgerten sich über die geringe Beeiferung, und es zeigte sich noch viel warmer Antheil im Publikum für das Gedächtnis des guten Staatskanzlers. Friede sei mit ihm.«

Abb. 13: Kirche in Neuhardenberg mit angebautem Mausoleum

Schinkel wurde von Hardenbergs Sohn mit dem Bau eines Mausoleums beauftragt, doch wurden zwei seiner Entwürfe aus Kostengründen abgelehnt. Der dritte Entwurf, der ausgeführt wurde, besteht aus einer von zwei dorischen Säulen geschmückten Vorhalle an der Ostwand der Kirche, an die eine kleine Gedenktafel mit Hardenbergs Namen eingefügt ist. Die lateinische Inschrift über den Säulen (PIO

ANIMO POSUIT FILIUS) will besagen, dass der Sohn der frommen Seele (des Vaters) diesen Gedächtnisort erschuf. Das Herz des Staatskanzlers aber wurde nach altem Brauch nicht mit begraben; es wird bis heute, geschmückt mit einigen gereimten Zeilen, im Altar der Kirche aufbewahrt.

Nach mündlicher Überlieferung des Dorfes soll Friederike von Kimsky, die von den Einwohnern »die Französin« genannt wurde, Neuhardenberg noch einmal besucht haben. Sie habe an die Schulkinder Pfannkuchen verteilt.

14. HEIMKEHR

Wie Doktor Rust berichtet, war das Ehepaar Kimsky wenige Tage nach Hardenbergs Tod von Genua abgefahren, hatte in Berlin, wie wir von Varnhagen wissen, die Wohnungen des Kanzlers nicht mehr betreten dürfen und war darauf, wie durch Luise Mühlbach bekannt wurde, in Friederikes mecklenburgische Heimat zurückgekehrt.

Da der Staatskanzler ihr in seinem Testament eine lebenslange Rente zugesichert hatte, konnte sie jetzt im Wohlstand leben, und auch ihr Streit mit staatlichen Stellen um die Erstattung der Kosten, die ihr bei der Rückreise aus Italien entstanden waren, hatte Erfolg. Auch ihr persönliches Habe, das sich noch im Haushalt des Kanzlers befunden hatte, wurde ihr ausgeliefert, und da dazu auch eine ihr vom Kanzler geschenkte Equipage gehörte, zog sie hochherrschaftlich in ihre Heimatstadt ein.

Zu den ihr ausgehändigten persönlichen Gegenständen gehörte auch ein kostbares Kleid aus Paris, das ihr Pückler in Pyrmont geschenkt hatte, das von ihr aber noch nicht getragen worden war. Pückler, der nach dem Tode des Kanzlers nur noch mit Unbehagen an seinen Flirt mit ihr zurückdenken konnte, musste in den ersten Wochen des Jahres 1823 die Überraschung erleben, dass er das Kleid mit einem Schreiben der Kimsky versehen wieder zurückerhielt. Seit sie das Geschenk, schrieb sie, *»in Begleitung sehr charmanter Zeilen«* in Pyrmont von ihm erhalten habe, sei es *»ganz unangerührt«* geblieben, weil sie es immer als sein Eigentum betrachtet habe, denn als Geschenk angenommen habe sie es nicht. Die Rückgabe habe sich nur verzögert, weil der verärgerte Kanzler selbst sie habe vornehmen wollen, gleichzeitig wollte er auch einen Geldbetrag überweisen, der den des Kleides ums Zehnfache überstieg. Es falle ihr leicht, sich von diesem Andenken an ihn zu trennen, da sie noch viele Erinnerungen an ihn habe, seine Briefe nämlich, die sie sorgfältig aufbewahren werde, *»zum Nutzen für mich und die Verwandtschaft«*, fügte sie mit sanfter Drohung hinzu.

Falls sich Friederike ihre Heimkehr in die Stadt ihrer Geburt als Triumphzug vorgestellt haben sollte, wurde sie bitter enttäuscht. Weder ihr Reichtum noch ihre Selbsterhöhung zur Baronin konnten den ihr anhaftenden schlechten Ruf aufwiegen. Luise Mühlbach, die diese sensationelle Rückkehr als Kind miterlebte, berichtet in ihren »Erinnerungsblättern« davon.

Die reich gekleidete Baronin von Kimsky (die Luise Mühlbach fälschlich als Kinsky bezeichnet) kam in einer prächtigen Equipage, an der die glitzernde Livree des auf dem Bock thronenden Dieners besonders imponierte, während der Baron, der mehr wie ein Kammerdiener wirkte, kaum beachtet wurde (und auch in unserer Erzählung keine Beachtung mehr findet, weil er in den wenigen Quellen, die über das weitere Schicksal Friederikes berichten, nicht mehr vorkommen wird – so ungekannt wie er kam, ist er unserm Blick auch wieder entrückt).

Das ansehnliche Haus in der Mönchenstraße, das das Paar bezog und standesgemäß einrichtete, stand natürlich unter ständiger Beobachtung der Kleinstädter, die den ungewohnten Reichtum zwar anstaunten, sich aber einig darüber waren, dass er seines unsittlichen Zustandekommens wegen zu meiden war. Wer auf sich hielt, ging der sündigen Baronin aus dem Wege, so auch der Bürgermeister, der der damals gängigen Überzeugung huldigte, dass die Tugend beim Bürger, das Laster beim Adel zu Hause war. Seiner kleinen Tochter Luise wurde deshalb jeder Umgang mit der Baronin streng verboten. Falls diese sie auf der Straße ansprechen sollte, habe sie nicht zu antworten, sondern wegzulaufen. Luise, noch im Märchenalter befindlich, sah fortan in der Frau Baronin eine böse Fee.

Als Friederike von Kimsky ihre Isolation durch Besuche bei den angesehenen Familien der Stadt zu beenden versuchte, musste die kleine Luise miterleben, wie die unerschütterliche Tugend ihres Vaters mit der Wahrheit in Konflikt geriet. Eines Vormittags nämlich hielt die Kutsche der Baronin vor dem Haus des Bürgermeisters, der Lakai stieg vom Bock, trat ins

Haus und reichte einem verdutzten Diener die Visitenkarte, mit der dieser nichts anzufangen wusste, bis ihm von dem Lakai erklärt wurde, dass er seiner Herrschaft den Besuch der Baronin zu melden habe, die im Wagen sitzen geblieben war.

Luise, die in einem versteckten Winkel hockend den seltsamen Vorgang ängstlich beobachtet hatte, konnte dann von dem zurückkehrenden Diener hören: »*De Herrschaft is nich to Huus!*«

Diese Lüge der Eltern, deren Grund diese dem Kind nicht zu nennen wagten, ließ die kommende Schriftstellerin erstmalig an der bürgerlichen Tugend zweifeln. So erzählt sie es wenigstens in ihren Erinnerungen, in denen sie diese Episode folgendermaßen schließt:

»*Das ›nicht zu Hause‹, welches meine Eltern gesprochen, war allerdings das Anathem für Frau von Kimsky gewesen, es verschloss ihr alle Pforten und machte sie zu einer Paria der Gesellschaft. Sie versuchte es, sich dem Urtheilspruch zu widersetzen, sie meinte wohl, es müsste ihr mit der Zeit gelingen, das Vorurtheil zu besiegen. Es gab in der kleinen Stadt einige guthmütige Seelen, welche milder dachten und der Liebenswürdigkeit ihrer Jugendfreundin nicht zu widerstehen vermochten; es gab auch einige arme pensionierte Beamte, denen ein glänzendes Mittagsmahl bei der Frau Baronin ein ganz erwünschtes Ereignis war und die sich daher mit guter Miene den Einladungen fügten. Aber die eigentliche Gesellschaft hielt sich fern von ihr und ließ sich von der Liebenswürdigkeit der Ausgestoßenen nicht verleiten. Man kennt ja die Gesellschaft in den kleinen Städten! Sie ist unversöhnlich und vergisst nie.«* Lange hat es Frau von Kimsky unter den Bürgern ihrer Heimatstadt anscheinend nicht aushalten können, doch ist die Dauer ihres Aufenthalts in Neubrandenburg so wenig wie das weitere Schicksal ihres ungeliebten Gatten bekannt. Bevor sich jedoch ihre Lebensspuren für fast drei Jahrzehnte verloren, wurden sie 1828 noch einmal sichtbar, und zwar im Geheimen Preußischen Staatsarchiv, wo einige Notizen von ihrem Besuch in Preußen zeugen und wo möglicherweise auch die Quelle des ihr im Alter nachgesagten Reichtums zu finden ist.

Auf dem Umschlag, der die letzten Tagebuchnotizen des Staatskanzlers vom 18. Juli 1821 bis zum 11. August 1822 enthalten hatte, ist von der Hand eines Archivars die *»Allerhöchsteigenhändige Anmerkung König Friedrich Wilhelms III. Majestät«* zu lesen, *»wonach Frau von Kimsky solches* [das heißt: das Heft mit Hardenbergs Tagebuchblättern] *1828 eingereicht hat«*. Daneben gibt es noch eine mit Bleistift geschriebene Bemerkung Frau von Kimskys, aus der man auf die einstige Existenz auch ihrer eignen Tagebuchaufzeichnungen schließen kann. Die Bemerkung lautet: *»Des theuern angebeteten Fürsten journal – was er bei seinem Tode mir anvertraute,* [um es] *bei dem Meinigen unverbrochen in meinen Sarg zu legen, wie ich es in meinem Testament ausdrücklich sagte.«*

Dass die Übergabe von Hardenbergs letzten Tagebuchblättern am 28. April 1828 erfolgte, ist klar ersichtlich, die sich aus diesem Vorgang ergebende Frage aber, ob dafür Geld bezahlt wurde, können die Archivnotizen so wenig beantworten wie die nach dem Schicksal der Aufzeichnungen Frau von Kimskys, die vielleicht mit übergeben wurden und später vernichtet worden sind. Hardenbergs Journale blieben erhalten, zur Veröffentlichung freigegeben wurden sie aber in monarchischen Zeiten nicht.

Wie wir von Luise Mühlbach wissen, war man damals der Meinung, dass Frau von Kimsky den König mit der Drohung, ihre Aufzeichnungen über ihr Leben mit dem Staatskanzler zu veröffentlichen, erpresst habe und der König darauf eingegangen sei. Sie habe ihr Manuskript also im Archiv abgeliefert und dafür *»vierzigtausend Thaler baar«* kassiert.

15. DIE HEILIGE

Drei Jahrzehnte waren seit der missglückten Rückkehr der Friederike Hähnel in ihre mecklenburgische Heimat ins Land gegangen. Friedrich Wilhelm III. war gestorben, ohne sein Verfassungsversprechen erfüllt zu haben. Die Revolution war ausgebrochen und hatte das Preußen Friedrich Wilhelms IV. doch noch zu einer konstitutionellen Monarchie werden lassen. Fürst Pückler, inzwischen siebzigjährig, war auch als Autor von Reisebüchern berühmt geworden und übte, da er Muskau seiner Schulden wegen hatte verkaufen müssen, seine Kunst der Gartengestaltung mit der gleichen Leidenschaft nun in Branitz bei Cottbus aus.

1854 hatte ihm der Tod die geliebte Lucie entrissen, mit der er auch nach der Scheidung der kurzen Ehe immer verbunden geblieben war. Unter den Kondolenzbriefen, die ihn aus vielen Ländern erreichten, war auch der einer mit Lucie befreundeten Dame, die den Namen Eugenie von Krafft führte und in alter Manier noch auf Französisch korrespondierte, also vermutlich auch schon in reiferem Alter stand. Der

Brief, der am 19. Mai 1855 in Rom geschrieben wurde, enthält neben Beileidsbekundungen auch die in Deutschland üblichen Lobpreisungen Italiens, jedoch ist ihm deutlich anzumerken, dass sein eigentlicher Anlass die Frage nach der Vergangenheit einer in Rom lebenden früheren Bekannten Pücklers war.

Mit dieser, die sich Baronin de Kimsky nenne, aber möglicherweise in Wahrheit keine Baronin sei, so schrieb Frau von Krafft, habe sie es in einer heiklen, aber auch heiligen Angelegenheit zu tun, wisse aber nicht, ob ihr zu trauen sei. Zwar sei ihr die mit mecklenburgischer Grobheit vermischte Offenherzigkeit der Frau von Kimsky durchaus sympathisch, ihr offensichtliches Bestreben, ihre Vergangenheit im Dunkeln zu belassen, mache die Briefschreiberin aber misstrauisch, und deshalb frage sie bei Pückler an. Sie bitte um eine ehrliche Antwort, die sie so diskret behandeln werde, wie sie auch seiner Diskretion sicher sei. »*Adieu, mein Fürst. Kann ich eine Antwort von Ihnen erwarten? Ich hoffe auf sie und benötige sie. ... Mit einer Aufrichtigkeit, die Nachsicht verlangt, und mit einer Ungeduld, die Sympathie fordert, reiche ich Ihnen die Hände. Ihre ergebene Eugenie de Krafft.*«

Offensichtlich handelte es sich hier um Glaubensfragen. Wahrscheinlich gehörte Frau von Krafft zu jener nicht unbeträchtlichen Anzahl deutscher, meist aus gebildeten Schichten kommender Protestanten, die mit manchen Romantikern wie Friedrich Schlegel, Zacharias Werner oder den Söhnen Schadows der Meinung waren, dass das Seelenheil eher im Katholizismus zu finden sei. Die Stärke dieser Bewegung, zu der auch viele Angehörige des höheren und niederen Adels zählten, lässt sich an den 1100 Seiten der »Convertitenbilder des 19. Jahrhunderts« ablesen, die von einem David August Rosenthal zusammengetragen wurden und 1866 in Schaffhausen erschienen sind.

Pückler, der alles Kirchliche ablehnte und auch an seinem Grabe keinen Geistlichen dulden wollte, machte zwar in seiner Antwort auf den Brief der vermutlichen Konvertitin einige bildliche Anleihen bei der Bibel, ging aber auf Glaubensfragen nicht ein. Er begnügte sich damit, die Briefschreiberin vor der angeblichen Baronin zu warnen, und die Schärfe, die er dabei zeigte, lässt vermuten, dass er entweder mehr über sie wusste, als wir heute wissen, oder aber von der allgemeinen moralischen Verdammung der einstigen Somnambulen angesteckt worden war. Zu dem Verhältnis, in dem der junge Pückler zu Friederike Hähnel einst gestanden hatte, passt jedenfalls seine grobe Verurteilung nicht.

So wie Eva sich vor der Schlange des Paradieses hätte hüten sollen, schrieb er am 18. Juli 1855 nach Rom, solle Frau von Krafft auf der Hut vor der *»betreffenden Dame«* sein. *»Wenn ich an den Teufel und die von ihm besessenen Personen glaubte, hielte ich auf jeden Fall Mad. de K. für eine der ersten. Ich habe zwei ähnliche Ungeheuer von Frauen in meinem Leben getroffen, und ich erschaudere noch jedes Mal, wenn ich an sie denke. Halten Sie also dieser Person stand wie der Hölle, und wenn sie Sie schon eingefangen hat, so* *brechen Sie nicht mit ihr, sondern lösen Sie geschickt den Knoten, indem Sie allen Scharfsinn und alle Gewandtheit, die Sie besitzen, in Anwendung bringen. Ich kann Ihnen nicht mehr sagen. Gegenwärtig würde es zu weit führen. Seien Sie nur gewiss, dass Ihre Freundin Lucie, die viel gläubiger war als ich, buchstäblich von der höllischen Mission dieser schrecklichen Frau überzeugt war, die trotz ihrer meines Erachtens ordinären und abstoßenden Manieren nichtsdestoweniger gewusst hat, sich mehr als einmal eine fast übernatürliche Macht über bedeutende Persönlichkeiten zu verschaffen, und jedes Mal ist sie in deren Testament bedacht worden. Dies sei genug für den Moment, und nun verlassen wir, ich bitte Sie, dieses hassenswerte Thema.«*

Vorurteilsloser als Pücklers Aussagen über Frau von Kimsky und ihre teuflischen Verführungskünste sind die Passagen eines Berichts über Italien, in denen der in Potsdam geborene Schriftsteller Theodor Mundt von ihr erzählt. Sein Buch über das damals gegenwärtige Italien, das er 1859/1860 in vier Bänden veröffentlichte, zeichnet sich bei aller Voreingenommenheit, die er als Protestant gegen Katholiken hatte, durch das Bemühen um Sachlichkeit aus. Ihn interessierten vor allem die gesellschaftlichen und politischen Gegebenheiten, im zweiten Band, der von Rom und Papst Pius IX. handelt, vor allem die Zustände im Kirchenstaat. Dieser war nach seiner Auflösung in den revolutionären Einigungskämpfen der Jahre 1848 und 1849 von französischen und spanischen Truppen wiederhergestellt worden und wurde danach noch

Die Heilige

lange, bis 1871, von einer französischen Schutzmacht bewacht.

In diesen Jahren, in denen die katholische Kirche nach den revolutionären Wirren wieder erstarkte, wurden ausländische Konvertiten, die nicht mittellos waren, in die vornehme Gesellschaft Roms gern aufgenommen, weil durch sie schon manches Vermögen der Kirche zugefallen war. Neben alten Engländerinnen erwähnt Mundt in diesem Zusammenhang auch *»unsere deutsche Landsmännin, die Baronin Kimsky«*, die nach seiner Meinung die *»interessanteste und berühmteste Figur dieser Art«* war. Er nennt sie eine *»leidenschaftliche, üppige Mecklenburgerin«*, die schon seit fast vierzig Jahren in Rom lebe und der nachgesagt werde, sie habe anfangs eine Liebschaft mit einem einflussreichen Kardinal gehabt. Im Alter aber bereue sie ihre Sünden, bete täglich in St. Peter und mache, *»im heißen Flehen zur Madonna«*, die *»wirren Bilder ihres vergangenen Lebens durch frommen Opferdienst für die Kirche«* wieder gut. Da sie ständig eine dem *»Heiligengeruch verwandte Frömmigkeit«* zeige, werde sie in den Kreisen der hohen Geistlichkeit sehr geachtet, und ihr Einfluss auf die Bestrebungen der Jesuiten, das nördliche Deutschland wieder katholisch zu machen, sei groß. Über ihre Vergangenheit bewahre sie Stillschweigen, und niemand wisse, woher ihr Vermögen stamme, durch das sie auch zur Wohltäterin der römischen Armen geworden sei.

Theodor Mundt, der 1839 die Romanautorin Luise

Mühlbach, geb. Müller, geheiratet hatte, war von dieser über die Vorgeschichte der Baronin informiert worden und glaubte folglich wie diese, Hardenberg habe die Somnambule schon auf dem Wiener Kongress kennengelernt. In einer Fußnote seines Italien-Buches lässt er die Leser auch wissen, dass seine Frau ihr Wissen um Friederike Hähnel in ihrem Roman »Napoleon und der Wiener Kongress« verarbeitet habe, was aber nur teilweise stimmt. Denn in diesem Roman von 800 Seiten ist eine Friederike Hähnel zwar neben Napoleon, Metternich, Hardenberg, Beethoven, Blücher und vielen anderen historischen und fiktiven Gestalten eine der handelnden Personen, hat aber mit der wahren Friederike nur wenig zu tun. Zwar ist ihr Vater Uhrmacher und ihre Mutter Französin, Letztere jedoch eine Marquise von hohem Adel, weshalb ihre Tochter sich auch in eine napoleonfreundliche Verschwörung verwickeln lässt. Zwar ist die junge Frau mit dem alten Staatskanzler befreundet, aber in der unschuldigsten Weise, so dass Hardenbergs Verhältnis zu ihr dem eines Großvaters zu seiner Enkelin gleicht. Der Magnetismus kommt im Roman nirgendwo vor.

Woher das Vermögen der Kimsky stammte, war auch für Theodor Mundt ein Rätsel. Er hielt es für zu bedeutend, um nur durch »*Liebesgeschenke des Fürsten Hardenberg*« entstanden sein zu können, und schenkte eher den auch in Rom verbreiteten Gerüchten Glauben, nach denen es durch eine »*bedeutende Abstandssumme*«, die die preußische Regierung für

Die Heilige

die Memoiren der Baronin bezahlt haben sollte, zusammengekommen war.

Dass das Geld der Baronin nach ihrem Tode der Kirche zufließen würde, war, wie Mundt weiter erzählt, in den vierziger Jahren plötzlich unsicher geworden, als sich Frau von Kimsky ein Kleinkind, das sie einer römischen Bettlerin abgekauft hatte, als Pflegetochter zu sich nahm. Als das Kind namens Giovanna sich unter ihrer Obhut zu einer heiratsfähigen Schönheit entwickelt hatte, gab es unter ihren vielen Bewerbern auch einen Grafen Moroni, der Offizier in der päpstlichen Garde war. Dieser hatte das Herz der Schönen gewinnen können, war von der Pflegemutter aber abgewiesen worden, worauf er im Sommer 1858, als Mutter und Tochter Ferien am Meer bei Livorno verbrachten, seine Geliebte entführt hatte, weit aber nicht gekommen war. Auf Anzeige der Baronin war das Paar von der Polizei aufgegriffen und der päpstlichen Sittenstrenge gehorchend zur sofortigen Heirat verurteilt worden. Zur Freude der Kirche hatte die Baronin darauf ihre Pflegetochter enterbt.

Da Mundt in diesem Stadium der Liebesgeschichte aus Rom abreisen musste und wenige Jahre später starb, blieb die Frage nach dem Verbleib des großen Vermögens bei ihm ungeklärt, nicht aber bei seiner Witwe, Luise Mühlbach, die diese Liebes- und Erbschaftsgeschichte in ihren Erinnerungen farbig auszumalen verstand. Bei ihr sind es die Jesuiten, die das Vermögen der Kimsky für die Kirche zu retten versuchen, indem sie dem verliebten Grafen zu dem Mädchen Zugang verschaffen, deren Entführung inszenieren und auch die Verhaftung und Verheiratung des Paares veranlassen, um dann der Baronin klarzumachen, dass diese sündhafte Treulosigkeit des Mädchens durch Enterbung zu bestrafen sei. Die Romanschreiberin erfindet dann aber doch noch ein glückliches Ende, bei dem Mutter und Tochter sich wieder versöhnen und so die Kirche das Nachsehen hat.

An anderen Passagen der »Erinnerungsblätter« war aber vermutlich die Phantasie der Autorin weniger

Abb. 14: Luise Mühlbach. Stahlstich. Künstler unbekannt

stark beteiligt, so zum Beispiel bei der von ihr erzählten Begegnung mit der alten Friederike von Kimsky in ihrer Heimatstadt. *»Nach langen Jahren in Rom«*, so schreibt sie, war Neubrandenburg wieder mit einem Besuch Frau von Kimskys beehrt worden. Sie war aber nicht mit dem *»Pomp früherer Tage«* aufgetreten, sondern hatte sich bescheiden gegeben, wie auch ihre Kleidung zwar elegant, aber doch einfach gewesen war. Zu ihrer Begleitung hatte statt des Lakaien ein *»junger, sehr schöner Geheimschreiber«* gehört, und statt des Barons hatte sie ein alter Pater begleitet, der ihr Beichtvater war. In dem von ihr gemieteten Haus war eine kleine Kapelle eingerichtet worden, und jeden Morgen hatte sie dort betend der vom Pater für sie gelesenen Messe beigewohnt. Die städtische Gesellschaft, die sie bei ihrem früheren Besuch als Ausgestoßene behandelt hatte, fühlte sich nun von der Anwesenheit der Baronin geehrt. Ihre zur Schau gestellte Frömmigkeit erregte nicht Missfallen, sondern Achtung und Neugierde, ihre Weltläufigkeit wurde bewundert, und ihr Reichtum, der nach ihrem Tode, wie sie andeutete, in Teilen auch den Armen ihrer Heimatstadt zugutekommen könnte, wurde angestaunt. Die Honoratioren folgten mit Freuden ihren Einladungen zu festlichen Essen und luden auch sie in ihre Häuser ein. Bei Tisch konnte sie mit *»glühender Beredsamkeit«* alle gut unterhalten. Sie konnte die prachtvollen Messen im Petersdom schildern, von ihrer Begegnung mit dem Heiligen Vater erzählen und in missionarischer Absicht über die süße

Ruhe reden, die nach ihrem Glaubenswechsel in ihre Seele eingekehrt war.

Da sie büßend und betend ihre Jugendsünden bereut und die Welt mit ihren Leiden und Lastern zu verachten gelernt hatte, konnte sie jetzt auch unbefangen von ihren Jahren mit dem Staatskanzler erzählen, von ihrer Reise nach Mecklenburg-Strelitz zum Beispiel, auf der sie der Staatskanzler an den Hof des Großherzogs mitgenommen hatte, obwohl es der Etikette, an die der Oberhofmarschall vorher noch einmal erinnert hatte, zuwiderlief. Bei dem Versuch, sich mit der Anwesenheit der unanstandesgemäßen Mademoiselle Hähnel an der großherzoglichen Festtafel abzufinden, verfiel die Großherzogin darauf, sie mit Gräfin anzureden, worauf sie zur Freude ihrer Zuhörer entgegnet haben wollte: sie sei keine solche, sondern die eheleibliche Tochter des Uhrmachers Hähnel aus Neubrandenburg, also nur eine ergebene Untertanin des Großherzogs.

Diese kurzzeitige Heimkehr Frau von Kimskys scheint, da Luise Mühlbach zu dieser Zeit noch unverheiratet in Neubrandenburg lebte, in den dreißiger Jahren stattgefunden zu haben, ob später noch weitere Besuche folgten, ist nicht bekannt. Da sie angekündigt hatte, im Testament auch die Wohlfahrtseinrichtungen ihrer Heimatstadt bedenken zu wollen, wird man sie in den nächsten Jahrzehnten wohl kaum vergessen haben, jedenfalls wird man sich ihrer wieder erinnert haben, als am 1. Januar 1873 in der Beilage des in Neubrandenburg erscheinenden »All-

Die Heilige

gemeinen Mecklenburgischen Anzeigers« folgende Meldung zu lesen war. »*Die Freifrau v. Kimsky, weil. [and] Fried. Hähnel aus Neubrandenburg, ist am 22. v.*[origen] *M.*[onats] *in Rom gestorben. Ihr bekanntes Vermögen datierte zweifelsohne aus ihrem vertrauten Verhältnisse zu dem preußischen Staatskanzler Fürsten v. Hardenberg; Frau v. Kimsky ist über 80 Jahre alt geworden. Klug, geistvoll, unerschöpflich im Witze, wusste sie alle, mit denen sie verkehrte, zu gewinnen; wenn Papst Gregor XVI. eine trübe Stunde hatte, wurde die Kimsky geholt; sie war die treueste Tochter des Profeßhauses der Jesuiten.*«

Als die Stadtoberen zwei Jahre später mit ihrem Bemühen, Einsicht in das Kimsky'sche Testament zu bekommen, endlich Erfolg hatten, wurden sie bitter enttäuscht. Denn als Universalerbe ihres noch immer beträchtlichen Vermögens war von der Baronin der noch minderjährige Graf Moroni, der Sohn ihrer Pflegetochter, bestimmt worden. Nicht nur die katholische Kirche war also leer ausgegangen, sondern auch ihre Heimatstadt.

Über ihr Grab in Rom ist nichts bekannt.

ANHANG

Zitatennachweis

Das Personal

durch vornehme Haltung	Redern, S. 32

Der Magnetiseur

Ich liebe ihn wie gewiss	Leitzmann, S. 165
Man sagt von der Poesie	wie zuvor, S. 164
die höchst gefährliche Opposition	Oppeln: Koreff, S. 146
über Ihr Leben und Ihre Gesundheit	wie zuvor, S. 144–145
von Depot zu Depot	wie zuvor, S. 189
Wunderkind der Wissenschaft	Jean Paul, Abt. II. Bd. 2, S. 884
Aberglauben	Chamisso: Leben u. Briefe, Bd. 2, S. 137

Der magnetische Salon

magnetischer Salon	Artelt, S. 432
kleiner, untersetzter Mann	Carus, Bd. 1, S. 198

Anhang

Sie sieht im magnetischen Schlafe	Solger, Bd. 2, S. 231–232
Leb wohl! Was ich dir hab' zu danken	Kerner, S. 466–467

Die Fürstin

Schwäche gegen das weibliche Geschlecht	Thielen, S. 445

Mecklenburgisches

Bonne	Mühlbach: Erinnerungsblätter, S. 36
Bratenmeister am königlichen Hofe	Oppeln: Koreff, S. *64
24. Januar in der Hauptpfarrkirche	Starsy, Nr. 29, S. 71
einem Erziehungsinstitut so segensreich	Homogalakto, S. 31
Demoiselle Hänel	Jahn, S. 15
Fräulein Hähnle ist mit Jahns Mutter	Oppeln: Koreff, S. 403
Ihr Antlitz hatte bis auf	Homogalakto, S. 32
Schülern Cagliostros	Mühlbach: Erinnerungsblätter, S. 36
ging ein Beben durch die ganze	Starsy, Nr. 29, S. 80
tiefsinnig und geistreich	wie zuvor, S. 77
Sie war nach dem gewöhnlichen Begriffe	Mühlbach: Erinnerungsblätter, S. 37–38

Zitatennachweis

Verfassungskampf

Nach der frischen, kräftigen	Varnhagen: Tagebücher, Bd. 1, S. 299–300
Nachgeben und Zagen	wie zuvor, Bd. 1, S. 148–149
Schreckliche Krankheit der Hähnel	Hardenberg, S. 833
arme Hähnel	wie zuvor, S. 834
Endlich erschien sie mit	Homogalakto, S. 33–34
traurige Nachricht von der Hähnel	Hardenberg, S. 874
Koreff glaubt, dass sie nicht reisen kann	wie zuvor. S. 876
Schlechtes Ende des Jahres	wie zuvor, S. 880

Der Absturz

Schlemmer und Wohlleber	Oppeln: Koreff, S. *113
gesellige Tugenden	Heine, S. 154
fast wie ein wildes Tier	Rogge, Bd. 2, S. 22–30
Koreff ist gänzlich aus dem Sattel	Oppeln: Koreff, S. *118

Hochzeit

Förster in der Heyde	Hardenberg, S. 979
Fräulein Hähnle [!] einen Offizier	Oppeln: Koreff, S. 430
Es heißt, der Kanzler sei völlig ausgesöhnt	Varnhagen: Werke, Bd. 5, S. 31
schön	Hardenberg, S. 982
Familie	wie zuvor, S. 983
Post- und Rittmeister Natus	wie zuvor, S. 987

Anhang

Pückler

Er war strahlend schön	Assing, Bd. 1, S. 2
kümmerte ihn das wenig	wie zuvor, Bd. 1, S. 104–105
In seinem weiten Herzen	wie zuvor, Bd. 1, S. 131–132
zum Umsturz jedes Bestehenden	Blumenthal, S. 10
auf gutem Fuß	Pückler, Bd. 5, S. 207
Einschmeichelns	wie zuvor, Bd. 5, S. 209
ganz bezaubert	wie zuvor, Bd. 7, S. 75
Kehre zurück mit den sanften	wie zuvor, Bd. 7, S. 81–82
wenn sie sich unterstände	wie zuvor, Bd. 5, S. 358
unter einem Dach zu wohnen	wie zuvor, Bd. 7, S. 96
stillschweigende Trennung	wie zuvor, Bd. 7, S. 97
temporairen Ortswechsel	wie zuvor, Bd. 7, S. 102
So eben, gnädigster Herr Graf	Sammlung Varnhagen/ Kimsky
Geliebtesten Vater	wie zuvor, Bd. 7, S. 107
Ich umarme Dich von ganzer Seele	wie zuvor, Bd. 7, S. 113
allen Farben des Regenbogens	wie zuvor, Bd. 5, S. 332
ein missfälliges Aufsehen	wie zuvor, Bd. 5, S. 395

Das Fritzchen

recht ehrlichen, guten Seele	Pückler, Bd. 5, S. 261
guten Kimsky	wie zuvor, Bd. 5, S. 305
die Seele des häuslichen Kreises	Blumenthal, S. 32
seinem Fritzchen schmachtend sehne	wie zuvor, S. 36

Zitatennachweis

Übrigens sehe ich den guten Vater	wie zuvor, S. 43
Vom alten Römer Cato	wie zuvor, S. 45
zehn Küssen, die Sie Papa geben	wie zuvor, S. 50
Ihre ganz ergebene F. Kimsky	Pückler, Bd. 7, S. 90–92
drei Feder- und Servierreiche	wie zuvor, Bd. 7, S. 133
in weiter Entfernung ein wenig lieb	wie zuvor, Bd. 7, S. 134–135
aufrichtig treuen Verbündeten wiederfinden	wie zuvor, Bd. 7, S. 135
Sie scheint es zwar gut mit mir zu meinen	wie zuvor, Bd. 5, S. 344–345
Dein Vater liebt nichts als die Kimsky	wie zuvor, Bd. 5, S. 347

Italienreise

auf keinen Fall auf Königliche Kosten	Pückler, Bd. 5, S. 354
Haushaltssachen	wie zuvor, Bd. 7, S. 134
Von mehreren Personen des Hofes	Varnhagen: Werke, Bd. 5, S. 61
eine Buhldirne	Pückler, Bd. 5, S. 365

Todesnachricht

schönste in ganz Berlin	Redern, S. 5
Nun weiß man doch, was man zu sehen	wie zuvor, S. 29

Anhang

mit Frau von Kimsky seine Abende	wie zuvor, S. 35
Der Kanzler hatte ein großes Unglück	wie zuvor, S. 42
Hat er lange gelitten?	wie zuvor, S. 41–42
Der Kanzler hat sich überlebt	wie zuvor, S. 47

Todesarten

einer Eifersuchts- und darauf folgenden	Pückler, Bd. 5, S. 366
Die nachtheiligen Folgen so vieler	wie zuvor, Bd. 5, S. 368
hauchte er sein edles, thatenreiches Leben	wie zuvor, Bd. 5, S. 372
bis zur Anstößigkeit nackt und trocken	Varnhagen: Werke, Bd. 5, S. 62
Man erzählt viele arge Geschichten von	wie zuvor, S. 63
in hohem Grade aufgebracht	Pückler, Bd. 5, S. 360–361
einer der Herren, die Hardenbergs Sterbelager	Mühlbach: Erinnerungsblätter, S. 38–39
war ein Skandal wie seine	Marwitz, S. 679
abgefeimten Gaunerin	Treitschke, Bd. 2, S. 187
Wunderjuden	wie zuvor, Bd. 3, S. 250
Die Leiche des Fürsten	Thielen, S. 369
Die Französin	Herrmann, S. 46

Heimkehr

in Begleitung sehr charmanter Zeilen	Oppeln: Liebesgeschichten, S. 269
De Herrschaft is nich to Huus	Mühlbach: Erinnerungsblätter, S. 33

Zitatennachweis

Das ›nicht zu Hause‹, welches	wie zuvor, S. 35
vierzigtausend Thaler	wie zuvor, S. 40

Die Heilige

Adieu, mein Fürst	Pückler, Bd. 7, S. 141–142
Wenn ich an den Teufel und	wie zuvor, Bd. 7, S. 145–146. (Frau Dr. Barbara Gribnitz habe ich die Übersetzung beider Briefe zu danken.)
unsere deutsche Landsmännin, die Baronin	Mundt, S. 81
Liebesgeschenke des Fürsten Hardenberg	wie zuvor, S. 80
bedeutende Abstandssumme	wie zuvor, S. 84
Nach langen Jahren in Rom	Mühlbach: Erinnerungsblätter, S. 41
glühender Beredsamkeit	wie zuvor, S. 42
Die Freifrau v. Kimsky	Starsy, Nr. 30/31, S. 114

Abbildungsnachweis

Abb. 1: Thielen, Frontispiz
Abb. 2: Treichler, Abb, 13
Abb. 3: Treichler, Abb. 30
Abb. 4: Internet, Wikipedia: Schloss Glienicke
Abb. 5: Laur-Ernst, Bd. 2, S. 296
Abb. 6: Hensel, S. 45
Abb. 7: Hermann, S. 286
Abb. 8: Hensel, S. 125
Abb. 9: Sammlung Varnhagen: Kimsky
Abb. 10: Duncker, Bd. 2, S. 399
Abb. 11: Österreichische Nationalbibliothek, Bildarchiv
Abb. 12: Privatarchiv
Abb. 13: Duncker, Bd. 2, S. 403
Abb. 14: Privatarchiv

Bibliographie

Artelt, Walter: Der Mesmerismus in Berlin. Wiesbaden: Franz
Steiner 1965. (Abhandlungen der Geistes- u. Sozialwissen-
schaftlichen Klasse der Akademie der Wissenschaften u. der
Literatur in Mainz. Jg. 1965, Nr. 6)
Assing, Ludmilla: Fürst Hermann von Pückler-Muskau. Eine
Biographie. Bd. 1–2. Hildesheim: Olms 2004
Blumenthal, Max: Aus Hardenbergs letzten Tagen. Berlin:
Costenoble 1902. (Bausteine zur Preußischen Geschichte.
2. Jg., H. 1)
Branig, Hans: Fürst Wittgenstein. Köln: Böhlau 1981
Carus, Carl Gustav: Lebenserinnerungen und Denkwürdig-
keiten. Hrsg. von Elmar Jansen. Bd. 1–2. Weimar: Kiepen-
heuer 1966
Chamisso, Adelbert von: Leben und Briefe. Hrsg. von Julius
Eduard Hitzig. Bd. 1–2. Leipzig: Weidmann 1842 (Chamissos
Werke, Bd. 5)
Chamisso, Adelbert: Sämtliche Werke. Bd. 1–2. Hrsg. von
Werner Feudel u. Christel Laufer. Leipzig: Insel 1980
Duncker, Alexander: Herrenhäuser in Brandenburg u. d.
Niederlausitz. Kommentierte Neuausgabe von Peter-Michael
Hahn u. Hellmut Lorenz. Bd. 1–2. Berlin: Nicolai 2000
Erman, Wilhelm: Der tierische Magnetismus in Preußen vor
und nach den Freiheitskriegen. München, Berlin: Olden-
bourg 1925. (Historischen Ztschr., Beiheft 4)

Günzel, Klaus: Der Wiener Kongress. München, Berlin: Köhler & Amelang 1995

Günzel, Klaus: Die deutschen Romantiker. 125 Lebensläufe. Zürich: Artemis 1995

Günzel, Klaus: Wahrhaftige Nachricht von den Berliner Serapionsbrüdern. In: Klaus Günzel: Die Serapionsbrüder. Köln: Eugen Diederichs 1986

Haake, Paul: Der preußische Verfassungskampf vor 100 Jahren. München, Berlin: Oldenbourg 1921

Hardenberg, Karl August von: Tagebücher und autobiographische Aufzeichnungen. Hrsg. u. eingel. von Thomas Stamm-Kuhlmann. München: Oldenbourg 2000

Heine, Heinrich: Heine in Berlin. Gedichte und Prosa. Hrsg. von Gerhard Wolf. Berlin: Der Morgen 1980. (Märkischer Dichtergarten)

Hensel, Wilhelm: Preußische Bildnisse des 19. Jahrhunderts. Berlin: Nationalgalerie 1981

Hermann, Ingo: Hardenberg. Der Reformkanzler. Berlin: Siedler 2003

Herrmann, Gerd-Ulrich und andere: Märkische Herrensitze im Wandel der Zeiten: Neuhardenberg, Gusow u. a. Petersberg: Imhof 2002.

Homogalakto (d. i. Friedrich Siemerling): Reminiszenzen für Semilasso. Stuttgart: Hallberger 1837

Humboldt, Caroline u. Wilhelm in ihren Briefen. Hrsg. von Anna von Sydow. Bd. 4, (1812–1815). Berlin: Mittler 1910

Jaeckel, Gerhard: Die Charité. Berlin: Ullstein 2000

Jahn, Friedrich Ludwig: Briefe. Hrsg. von Wolfgang Meyer. Leipzig: Eberhardt 1913

Jean Paul: Werke. Hrsg. von Norbert Miller. Bd. 1–6. München: Hanser 1966

Kerner, Justinus: Die Seherin von Prevorst. 6. Aufl. Stuttgart: Cotta 1892

Bibliographie

Klein, Ernst: Von der Reform zur Restauration. Berlin: de Gruyter 1965 (Veröffentlichung der historischen Kommission zu Berlin)

Klessmann, Eckart: Fürst Pückler und Machbuba. Berlin: Rowohlt 1998

Koreff, David Ferdinand: Serapionsbruder, Magnetiseur, Geheimrat und Dichter. Der Lebensroman eines Vergessenen. Aus Urkunden zusammengestellt und eingel. von Friedrich von Oppeln-Bronikowski. Berlin: Paetel [1928]

Laur-Ernst, Ute: Die Stadt Berlin in der Druckgraphik. Bd. 1–2. Berlin: Lukas 2009

Leitzmann, Albert (Hrsg.): Briefwechsel zwischen Karoline von Humboldt, Rahel und Varnhagen. Weimar: Böhlau 1896

Levin, Rahel s. Varnhagen von Ense, Rahel Marwitz, Friedrich August Ludwig von der: Ein märkischer Edelmann im Zeitalter der Befreiungskriege. Hrsg. von Friedrich Meusel. Bd. 1: Lebensbeschreibung. Berlin: Mittler 1908

Mühlbach, Luise (d. i. Clara Mundt, geb. Müller): Erinnerungsblätter aus dem Leben L. M.s. Hrsg. von Thea Ebersberger. Leipzig: Schmidt & Günther 1902

Mühlbach, Luise (d. i.: Clara Mundt, geb. Müller): Napoleon und der Wiener Congress. Berlin: Janke 1861. (Napoleon in Deutschland. Bd. 4)

Mundt, Theodor: Rom und Pius IX. Berlin: Janke 1859. (Italienische Zustände, T. 2)

Oppeln-Bronikowski, Friedrich von: David Ferdinand Koreff. Serapionsbruder, Magnetiseur, Geheimrat und Dichter. Berlin: Paetel [1928] s. a. Koreff

Oppeln-Bronikowski, Friedrich von: Liebesgeschichten am Preußischen Hofe. Berlin, Leipzig: Paetel 1928

Pückler-Muskau, Hermann Fürst von: Briefwechsel und Tagebücher. Hrsg, von Ludmilla Assing. Bd. 5 u. 7. Berlin: Wedekind &. Schwieger 1874

Redern, Friedrich Wilhelm von: Unter drei Königen. Erinnerungen eines preußischen Oberkämmerers und Generalintendanten. Köln: Böhlau 2003

Richter, Jean Paul Friedrich siehe Jean Paul

Rogge, Helmuth (Herausgeber): Der Doppelroman der Berliner Romantik. Mit Erläuterungen. Bd. 1–2. Leipzig: Klinkhardt & Biermann 1926

Rosenthal, David August: Convertitenbilder des 19. Jahrhunderts. 1. Bd.: Deutschland. Schaffhausen: Hurter 1866

Schiffter, Roland: »Ich habe immer klüger gehandelt als die philisterhaften Ärzte«. Romantische Medizin im Alltag der Bettina von Arnim und anderswo. Würzburg: Königshausen & Neumann 2006

Siemerling, Friedrich siehe Homogalakto

Solger, Karl Wilhelm: Nachgelassene Schriften und Briefwechsel. Hrsg. von Ludwig Tieck und Friedrich Raumer. Bd. 1–2. Heidelberg: L. Schneider 1973 (Deutsche Neudrucke)

Stamm-Kuhlmann, Thomas: Die Tagebücher Karl August von Hardenbergs als Quelle zur Geschichte des tierischen Magnetismus in Preußen. In: Sudhoffs Archiv, Bd. 77, H. 2, S. 231–235

Stamm-Kuhlmann, Thomas: König in Preußens großer Zeit. Friedrich Wilhelm III. der Melancholiker auf dem Thron. Berlin: Siedler 1992

Starsy, Peter: Friederike Baronin Kimsky, geb. Hähnel. In: Neubrandenburger Mosaik. Nr. 29 (2005), S. 65–88, und Nr. 30/31 (2007), S. 88–116

Thielen, Peter Gerrit: Karl August von Hardenberg Biographie. Köln: Grote 1967

Treichler, Hans Peter: Die magnetische Zeit. Alltag u. Lebensgefühl im frühen 19. Jahrhundert. Zürich: SV international 1988

Treitschke, Heinrich von: Deutsche Geschichte im 19. Jahrhundert. Bd. 1–5. Leipzig: Hirzel 1885

Bibliographie

Varnhagen von Ense, Karl August: Tagebücher. Hrsg. von Ludmilla Assing. Bd. 1–15. Neuverlegt in Bern bei Herbert Lang 1972

Varnhagen von Ense, Karl August: Werke in 5 Bänden. Hrsg. von Konrad Feilchenfeldt. Frankfurt/M.: Dt. Klassiker Verlag 1987–1997

Varnhagen von Ense, Rahel: Briefwechsel mit Ludwig Robert. Hrsg. von Consolina Vigliero. München: Beck 2001

Varnhagen von Ense, Rahel: Familienbriefe. Hrsg. von Renata Buzzo Margari Barovero. München: Beck 2009

Weder, Katharine: Kleists magnetische Poesie. Göttingen: Wallstein 2008

Vehse, Eduard: Illustrierte Geschichte des preußischen Hofes. Bd. 2. Stuttgart: Franck o. J.

Zeittafel

1750   31. Mai: Karl August von Hardenberg wird in Essenrode geboren.
1768   Immatrikulation Hardenbergs in Leipzig.
1772   Charlotte Schönemann (eigentlich Schönknecht), 3. Gemahlin Hardenbergs, geboren.
1774   Hardenberg heiratet Christiane von Reventlow.
1775   Geburt des Sohnes Christian von Hardenberg-Reventlow.
1776   Geburt der Tochter Lucie von Hardenberg-Reventlow.
1783   3. Februar: David Ferdinand Koreff wird in Breslau geboren.
1785   Hermann Graf von Pückler-Muskau wird in Muskau geboren.
1788   Hardenberg heiratet Sophie von Lenthe, geb. von Haßberg.
1792   18. Januar: Friederike Hähnel wird als Tochter des Uhrmachermeisters Johann Wilhelm Hähnel in Neubrandenburg geboren. Ihre Mutter Isabé, geb. Costé, war Französin.
1796   Lucie von Hardenberg heiratet den Grafen Karl Theodor Friedrich zu Pappenheim.
1802   Hardenberg erwirbt Tempelberg (Kreis Lebus). Lucie Gräfin zu Pappenheim trennt sich von ihrem Mann und lebt mit Tochter und Pflegetochter in Berlin.

Zeittafel

1803	Koreff siedelt nach dem Medizinstudium in Halle nach Berlin über.
1804	Koreff erwirbt in Halle den Doktortitel.
1806	14. Oktober: Schlacht bei Jena und Auerstedt. 18. Oktober: Hardenberg verlässt Tempelberg und flüchtet nach Danzig, Memel, Königsberg, Riga.
1807	17. Juni: Hardenberg heiratet in Memel Charlotte Schönemann. 9. Oktober: Steins Oktoberedikt über die Bauernbefreiung.
1810	4. Juni: Hardenberg wird zum Staatskanzler ernannt.
1811	30. Mai: Kleists »Berliner Abendblätter« müssen unter Zensurdruck ihr Erscheinen einstellen.
1814	3. Juni: Hardenberg erhält in Paris das Fürstendiplom. September bis Juni 1815: Wiener Kongress. 11. November: Hardenberg wird in Wien die Standesherrschaft Neuhardenberg (vorher Quilitz) mit den Dörfern Lietzen und Rosenthal verliehen.
1815	Koreff trifft mit dem Staatskanzler zusammen. In der zweiten Jahreshälfte arbeitet er in Paris als Arzt in Militärlazaretten.
1816	13. Februar: Hardenberg wird mit Friederike Hähnel bekannt.
1817	9. Oktober: Hardenbergs Tochter aus 2. Ehe Lucie Gräfin Pappenheim heiratet Graf Pückler-Muskau. 18. Oktober: Wartburgfest. 2. November: Die von Schinkel neuerbaute Kirche in Neuhardenberg, die 1801 abgebrannt war, wird eingeweiht.
1819	23. März: Kotzebue wird vom Studenten Sand ermordet. September: Die Karlsbader Beschlüsse werden vom Bundestag angenommen.

Anhang

1821	5. Mai: Hardenberg handelt mit Herrn von Kimsky in Tempelberg die geplante Hochzeit mit Friederike Hähnel aus.
1821	3. August: Hochzeit von Friederike Hähnel und Herr von Kimsky in Neuhardenberg.
1822	Hermann Graf von Pückler-Muskau wird in den Fürstenstand erhoben. 23. September: Beginn von Hardenbergs Reise zum Kongress in Verona, die ihn über Wien und Venedig nach Verona und von dort über Pavia nach Genua führt. 26. November: Hardenberg stirbt in Genua.
1823	Oktober: Überführung von Hardenbergs Leichnam nach Neuhardenberg.
1828	Friederike von Kimsky übergibt das Tagebuch Hardenbergs für 1820–1821 an den König.
1851	Koreff stirbt in Paris.
1854	Lucie von Pückler-Muskau, geb. von Hardenberg, stirbt in Branitz.
1871	Hermann Fürst Pückler-Muskau stirbt in Branitz.
1872	22. Dezember: Friederike von Kimsky stirbt in Rom.

Personen- und Ortsregister

Aachen 50, 70 f., 85
Alexander I., Zar von Russ-
　land 86, 89
Arndt, Ernst Moritz 45
Arnim, Bettina von 19
Assing, Ludmilla 65, 74

Bayreuth 19
Beeskow 62
Beethoven, Ludwig van 120
Benzenberg, Johann Fried-
　rich 54 f.
Berlin 11, 14 f., 17, 19 f., 23, 26,
　30, 32 f., 35 f., 50, 55, 61,
　70 f., 74, 78, 83, 87, 90 f., 101,
　109
Beyme, Carl Friedrich von
　45
Bernadotte, Johann Baptist
　Julius 68, 70
Blücher, Gerhardt Leberecht
　von 39, 78, 120
Bonn 17, 55
Boyen, Hermann von 45

Boudin (Bratenmeister) 35
Branitz 115
Breslau 11, 86

Cagliostro 40
Constant, Benjamin 55
Carl, Prinz von Preußen 32
Carolath 86
Carus, Carl Gustav 23f
Cato 82
Chamisso, Adelbert von 11,
　21, 56
Chodowiecki, Daniel 10
Cottbus 62, 115
Custine, Delphine Marquise
　de 11, 19

Delkeskamp, Friedrich
　Wilhelm 33
Doberan 39, 48
Dorow, Wilhelm 17 f., 29, 55
Dresden 26 f., 52, 72, 74
Düsseldorf 54
Duncker, Alexander 80

Ebersberger, Thea 40
Enke, Wilhelmine 60
Ennemoser, Joseph 49
Erman, Paul 27

Fischer, Karoline 26
Fontane, Theodor 92
Franz I., Kaiser von Österreich 89
Friedersdorf 104
Friedrich II. König von Preußen 41
Friedrich Wilhelm II., König von Preußen 60
Friedrich Wilhelm III., König von Preußen 13, 18, 32, 44, 46 ff., 51, 59 f., 70, 77 f., 86, 88 ff., 92 ff., 95 f., 105, 113, 115
Friedrich Wilhelm (IV.), Kronprinz von Preußen 86, 97, 115
Fürth 36

Gentz, Friedrich von 13
Genua 97, 99, 101 ff., 105 f., 109
Georg, Großherzog von Mecklenburg-Strelitz 36
Glienicke 32f, 50 ff., 62, 71 f., 74 f., 79, 83
Gneisenau, August Wilhelm Graf Neidhardt von 45
Görres, Joseph von 45

Goethe, Johann Wolfgang von 6, 65
Goslar 84
Gregor XVI., Papst 125
Gruner, Justus 45

Hähnel, Friederike s. Kimsky, Friederike von
Hähnel, Isabé 35 f.
Hähnel, Johann Wilhelm 35 f.
Halle 11
Hardenberg, Carl Graf von 59
Hardenberg, Charlotte Fürstin von 25, 29 ff., 48, 50 ff., 53, 58, 60 f., 71 ff., 75, 79
Hardenberg, Karl August Fürst von 5 ff., 11 ff., 25, 29 ff., 33 ff., 37, 39, 44 ff., 68 ff., 74 f., 77 ff., 81 ff., 87 ff., 94 ff., 113 f., 120, 124 f.
Hardenberg-Reventlow, Christian Graf von 29 f., 107
Hardenberg-Reventlow, Lucie s. Pückler-Muskau, Lucie von
Hardenberg 84
Hatzfeld, Franz Ludwig Fürst von 95
Hauffe, Friederike 27
Heine, Heinrich 55

Personen- und Ortsregister

Heinrich, Prinz von Preußen (Bruder Friedrich Wilhelms III.) 90
Heinrich, Prinz von Preußen (Bruder Friedrichs II.) 91
Hensel, Wilhelm 53, 65
Hitzig, Julius Eduard 11
Hoffmann, E. T. A. 20 f.
Homogalakto s. Siemerling, Friedrich
Horn, Georg 92
Hufeland, Christoph Wilhelm 19
Humboldt, Alexander von 93, 96
Humboldt, Caroline von 11, 14
Humboldt, Wilhelm von 12 ff., 19, 44 ff.

Innsbruck 95

Jahn, Friedrich Ludwig 36 f., 45
Jean Paul s. Richter, Jean Paul Friedrich
Jesus 41

Kameke, Friedrich Paul Graf von 91
Karlsbad 46, 51
Karthago 82
Kassel 84
Kerner, Justinus 27

Kimsky, Friederike von, geb. Hähnel 6, 21, 25, 30 ff., 34 f., 37 ff., 41 f., 44 ff., 59 ff., 69 ff., 72 ff., 79 ff., 85, 87 f., 90, 94 f., 97 f., 100 ff., 108 ff., 111 ff., 118 ff., 121, 124 f.
Kimsky, Herr von 59 ff., 73, 84, 90, 98, 100, 103, 105, 109, 111, 113 f., 117
Kleist, Heinrich von 26, 46
Körner, Theodor 94
Körte (Hofrätin) 26
Kolberg 37
Kollhof, Helene 36 f.
Konstantinopel 71
Koreff, David Ferdinand 5 f., 11 ff., 25, 29, 31 f., 41 f., 48 ff., 61, 70 ff., 75, 105
Krafft, Eugenie von 115 ff.
Krenkerup 48

Laibach 85
Leipzig 6
Levin, Rahel s. Varnhagen, Rahel
Lieberose 62
Lützow, Adolph Freiherr von 18, 49, 94
Luise, Königin von Preußen 48

Mailand 99, 102
Marwitz, Friedrich August Ludwig 104 f.

Anhang

May, Karl 40
Meissen 18
Mesmer, Franz Anton 7, 9, 20, 24
Metternich, Klemens Fürst von 44, 47, 85 ff., 89, 120
Mittenwalde 62
Möglin 60
Mohammed 41
Moroni (Graf) 121, 125
Mühlbach, Luise 39, 41 f., 103, 109 f., 114, 120 ff.
Mundt, Theodor 40, 118 ff., 121
Muskau 62, 64, 68, 115

Napoleon 12, 14, 19, 120
Natus (Postmeister) 62
Neubrandenburg 35f, 37 ff., 40, 48 f., 59, 62, 79, 109 f., 113, 123 ff.
Neuenkirchen 37
Neuhardenberg 32, 50, 58, 60 f., 77, 79 f., 83, 106 ff.
Nicolai, Friedrich 20
Niebuhr, Berthold George 93
Nikolai, Gustav 93
Novalis 11

Oehlenschläger, Adam Gottlob 23

Pappenheim, Lucie von s. Pückler-Muskau, Lucie von

Paris 11, 14, 53 ff., 84
Pavia 99
Pius VII., Papst 90, 118, 123
Potsdam 74, 118
Pückler-Muskau, Hermann von 38, 57, 63 ff., 68 f., 71 ff., 77 ff., 87, 102, 109, 115 ff.
Pückler-Muskau, Lucie von 63, 68 ff., 71 f., 74, 77 ff., 87, 97, 102, 115, 118
Pyrmont 83, 87, 98, 102, 109 f.

Quilitz s. Neuhardenberg

Redern, Friedrich Wilhelm Graf von 91 ff.
Redern, Wilhelm Jacob Moritz Graf von 91
Reimer, Georg Andreas 45
Richter, Jean Paul Friedrich 19 f.
Rom 90, 100, 116 ff., 119, 121, 125
Rosenthal, David August 117
Rostock 39
Rother, Christian 88
Rust, Johann Nepomuk 53, 84, 87 ff., 97 ff., 109

Sayn-Wittgenstein, Wilhelm Georg Ludwig Reichsfürst 88, 96

Personen- und Ortsregister

Schadow, Friedrich Wilhelm 116
Schadow, Ridolfo 116
Schaffhausen 117
Schaumann (Geheimrat) 102
Schelling, Friedrich Wilhelm Joseph 26
Schinkel, Karl Friedrich 32, 61, 92, 107
Schlegel, August Wilhelm 11, 17
Schlegel, Friedrich 11, 13, 116
Schleiermacher, Friedrich 19, 26, 45
Schleiermacher, Henriette 26
Schnee, Hermann 33
Schöll, Maximilian 53 f.
Schubert, Gotthilf Heinrich von 26
Siemerling, Friedrich 38, 48 f.
Solger, Karl Wilhelm 26
Spa 50
Spremberg 62
Starsy, Peter 35, 37
Steffens, Hendrik 26
Stein, Heinrich Friedrich Karl Freiherr vom und zum 45
Storkow 62

Tempelberg 58 ff., 86
Teplitz 72
Thaer, Albrecht 60
Tischbein, Johann Heinrich Wilhelm 7
Treitschke, Heinrich von 105
Troppau 85

Varnhagen von Ense, Karl August 11 ff., 18, 29, 37, 45 f., 54, 61, 65, 88, 100 f., 106, 109
Varnhagen von Ense, Rahel 12
Venedig 86
Verona 83 ff., 86, 88, 90 f., 95, 97, 105
Vicenza 87
Voss-Buch, Otto Friedrich 86

Weber, Carl Maria von 94
Wellington, Arthur Wellesley Herzog von 50, 86
Werner, Zacharias 116
Wien 5, 11 ff., 86, 8
Wilhelm II., Deutscher Kaiser 41, 92
Wittgenstein s. Sayn-Wittgenstein
Wolfart, Karl Christian 20 ff., 26, 38, 40, 49, 51
Wulffen (Familie) 58

Inhaltsverzeichnis

Das Personal 5
Der Magnetiseur 9
Der magnetische Salon 23
Die Fürstin 29
Mecklenburgisches 35
Verfassungskampf 44
Der Absturz 52
Hochzeit 58
Pückler 64
Das Fritzchen 79
Italienreise 85
Todesnachricht 91
Todesarten 97
Heimkehr 109
Die Heilige 115

Anhang
Zitatennachweis 129
Abbildungsnachweis 136
Bibliographie 137
Zeittafel 142
Personen- und Ortsregister 145